Les Enfants endormis

Anthony Passeron

Les Enfants endormis

GLOBE

116, rue du Bac, Paris 7e

Dépôt légal : août 2022

ISBN : 978-2-38361-120-2

« C’est que les rats meurent dans la rue
et les hommes dans leur chambre. »
Albert Camus, *La Peste*

PROLOGUE

Un jour, j'ai demandé à mon père quelle était la ville la plus lointaine qu'il avait vue dans sa vie. Il a juste répondu : « Amsterdam, aux Pays-Bas. » Et puis plus rien. Sans détourner les yeux de son travail, il a continué à découper des animaux morts. Il avait du sang jusque sur le visage.

Quand j'ai voulu connaître la raison de ce voyage, j'ai cru voir sa mâchoire se crisper. Était-ce l'articulation d'une pièce de veau qui refusait de céder ou ma question qui l'agaçait ? Je ne comprenais pas. Après un craquement sec et un soupir, il a enfin répondu : « Pour aller chercher ce gros con de Désiré. »

J'étais tombé sur un os. C'était la première fois, de toute mon enfance, que j'entendais dans sa bouche le nom de son frère aîné. Mon oncle était mort quelques années après ma naissance. J'avais découvert des images de lui dans une boîte à chaussures où mes parents gardaient des photos et des bobines de films en super-8. On y voyait des morts encore vivants, des chiens, des vieux encore jeunes, des vacances à la mer ou à la montagne, encore des chiens, toujours des chiens, et des réunions de famille. Des gens en tenue du dimanche qui se réunissaient pour des mariages qui ne tiendraient pas leurs promesses. Mon frère et moi, nous pouvions regarder ces images pendant des heures. On se moquait de certains accoutrements et on essayait de reconnaître les membres de la famille. Notre mère finissait par nous dire de tout ranger, comme si ces souvenirs la mettaient mal à l'aise.

J'avais des milliers d'autres questions à poser à mon père. De très simples, comme : « Pour aller à Amsterdam, il faut tourner à gauche ou à droite après la place de l'église ? » D'autres, plus difficiles. Je voulais savoir pourquoi. Pourquoi, lui qui n'avait jamais quitté le village, il avait traversé toute l'Europe à la recherche de son frère ? Mais à peine avait-il ouvert une brèche dans son réservoir de chagrin et de colère qu'il s'est empressé de la refermer, pour ne pas en mettre partout.

Dans la famille, tous ont fait pareil à propos de Désiré. Mon père et mon grand-père n'en parlaient pas. Ma mère interrompait toujours ses explications trop tôt, avec la même formule : « C'est quand même bien malheureux tout ça. » Ma grand-mère, enfin, éludait tout avec des euphémismes à la con, des histoires de cadavres montés au ciel pour observer les vivants depuis là-haut. Chacun à sa manière a confisqué la vérité. Il ne reste aujourd'hui presque plus rien de cette histoire. Mon père a quitté le village, mes grands-parents sont morts. Même le décor s'effondre.

Ce livre est l'ultime tentative que quelque chose subsiste. Il mêle des souvenirs, des confessions incomplètes et des reconstitutions documentées. Il est le fruit de leur silence. J'ai voulu raconter ce que notre famille, comme tant d'autres, a traversé dans une solitude absolue. Mais comment poser mes mots sur leur histoire sans les en déposséder ? Comment parler à leur place sans que mon point de vue, mes obsessions ne supplantent les leurs ? Ces questions m'ont longtemps empêché de me mettre au travail. Jusqu'à ce que je prenne conscience qu'écrire, c'était la seule solution pour que l'histoire de mon oncle, l'histoire de ma famille, ne disparaissent pas avec eux, avec le village. Pour leur montrer que la vie de Désiré s'était inscrite dans le chaos du monde, un chaos de faits historiques, géographiques et sociaux. Et les aider à se défaire de la peine, à sortir de la solitude dans laquelle le chagrin et la honte les avaient plongés.

Pour une fois, ils seront au centre de la carte, et tout ce qui attire habituellement l'attention se trouvera à la périphérie, relégué. Loin de la ville, de la médecine de pointe et de la science, loin de l'engagement des artistes et des actions militantes, ils existeront, enfin, quelque part.

PREMIÈRE PARTIE

DÉSIRÉ

MMWR

Le *MMWR**, le bulletin épidémiologique hebdomadaire publié aux États-Unis par les centres de prévention et de contrôle des maladies (CDC**), compte peu d'abonnés en France. Parmi eux, Willy Rozenbaum, qui dirige le service des maladies infectieuses de l'hôpital Claude-Bernard à Paris. À trente-cinq ans, avec sa moto, ses cheveux longs et son passé de militant au Salvador et au Nicaragua, l'infectiologue détonne dans le milieu médical parisien.

Le matin du vendredi 5 juin 1981, il feuillette le *MMWR* de la semaine qu'il vient de recevoir à son bureau. On y décrit la réapparition récente d'une pneumopathie extrêmement rare, la pneumocystose. On la croyait

* *Morbidity and Mortality Weekly Report* : bulletin hebdomadaire de morbidité et mortalité.

** Centers for Disease Control and Prevention : le siège des CDC est situé à Atlanta, en Géorgie.

presque disparue, mais, selon le service qui comptabilise les prescriptions médicamenteuses aux États-Unis, elle réapparaît de manière surprenante, presque incompréhensible. Alors que d'ordinaire, cette maladie ne touche que les patients dont le système immunitaire est affaibli, les cinq cas recensés en Californie concernent des hommes jeunes et jusqu'alors en pleine santé. Parmi les rares informations dont dispose l'agence de santé publique américaine à ce stade, l'article relève que, curieusement, tous les patients concernés sont homosexuels.

L'infectiologue referme le rapport et reprend ses travaux de recherche avant d'assurer ses consultations de l'après-midi.

Deux hommes se présentent ce jour-là. Ils se tiennent par la main. L'un d'eux, un jeune steward amaigri, se plaint d'une fièvre et d'une toux qui durent depuis plusieurs semaines. Comme aucun des médecins de ville qu'il a consultés n'a réussi à le soigner, il est venu au service des maladies infectieuses et tropicales de Claude-Bernard. Willy Rozenbaum, perplexe, consulte le dossier que le steward lui tend. Il examine le jeune homme, lui prescrit une radiographie et d'autres examens pulmonaires.

Lorsque celui-ci revient quelques jours plus tard, les résultats de ses examens finissent de convaincre l'infectiologue. Comme il le suspectait, son patient souffre d'une pneumocystose.

La coïncidence est extraordinaire. L'état de ce patient correspond trait pour trait à ce que le médecin avait lu dans le *MMWR* : une maladie très rare du système pulmonaire survenue chez un sujet jeune, homosexuel, qui n'a aucune raison d'être immunodéprimé. Tout est là, devant ses yeux. C'est la même affection, une maladie quasi éradiquée, qui vient d'être observée chez six patients, cinq Américains et, désormais, un Français.

LE DÉCOR

Des mouches. Des mouches de partout. Des mouches sur les morceaux de viande, sur les vitres. Des mouches noires qui jurent sur le carrelage blanc. Des mouches qui copulent sur les côtes de porc et les cuisses de poulet. Des mouches qui naissent dans les plis d'un rosbif et qui meurent, noyées dans le sang. Des mouches qui jubilent dans le bourdonnement du compresseur de la vitrine réfrigérée et qui se rient de la lumière bleue installée pour les électrocuter. Des mouches qui ont définitivement gagné.

C'est à peu près tout ce dont je me souviens du magasin de mes grands-parents. Une boucherie vide et silencieuse, désertée par la plupart des clients d'antan. Ceux qui y viennent encore le font en soutien à la famille, dans un dernier geste de solidarité. Ils discutent un moment, prennent des nouvelles davantage que de la marchandise.

Aujourd'hui, il n'en reste rien. Un panneau « À vendre ou à louer », assorti d'un numéro de téléphone, est affiché sur la vitrine. Toute la rue a subi le même sort. Le primeur, le salon de coiffure, le libraire, le réparateur de télévisions, la mercerie. Tous les commerces ont été progressivement abandonnés, comme les appartements au-dessus. Faute de candidats à la location, ils ont baissé le rideau. De l'époque faste, il ne demeure qu'un survivant en sursis : un petit institut de beauté au style désuet. La rue est désespérément vide. On n'y croise plus que des chats errants qui ont pris possession des caves des magasins. Ils vont et viennent à travers les grilles déchirées des trappes d'aération qui affleurent au ras des trottoirs. Quelques adolescents zonent parfois dans le coin. Perchés sur des scooters bricolés, assis sur les marches des anciennes boutiques, ils se disputent des paquets de cigarettes, s'insultent à longueur de journée. En l'espace de quelques décennies, l'ancienne sous-préfecture, autrefois prospère, s'est inexorablement endormie. Le centre est devenu périphérie. Les cris des enfants se sont tus. Mon décor a disparu.

Ça pourrait avoir son charme, pourtant. Avec les platanes le long de la rivière, le marché paysan et les ruelles, on pourrait se croire dans une Provence fantasmée. Mais autour du vieux village, les HLM décrépits, les épaves de voitures et les usines fermées racontent une tout autre histoire. Pour la comprendre, il faut d'abord en situer le territoire : une bourgade oubliée, perdue à la lisière de deux mondes, quelque part entre la mer et la montagne, la France et l'Italie. Puis, présenter la topographie : un village installé au fond d'une vallée, à la confluence d'une rivière et d'un fleuve dans ses dernières résistances alpines, juste avant qu'il ne s'abandonne à la plaine et vienne mourir dans la Méditerranée. Dire ensuite la rudesse du climat, les hivers qui s'éternisent au fond des replis encaissés, et les étés qui accablent, comme si, des climats alpin et méditerranéen, on n'avait gardé que le pire. Entre les forêts de pins sombres perdues dans la brume et les chênaies des adrets les plus favorables, le village s'était toutefois imposé comme une place commerciale où les paysans des hameaux voisins venaient vendre leurs maigres productions. Enfin, il faut intégrer à cette description des éléments historiques, rappeler que jusqu'au milieu du XIXe siècle, cette bourgade délaissée aux marges du comté de Nice, c'était encore l'Italie. Quand était venu le temps de l'annexion, la France en avait fait une sous-préfecture. Elle tentait de susciter ici un sentiment d'attachement à la patrie nouvelle. La construction de la route nationale et du chemin de fer reliant Nice à Digne avait permis au territoire de sortir peu à peu de l'enclavement. Des chantiers titanesques, du percement des tunnels à l'édification de viaducs monumentaux, menés à grand renfort d'ouvriers italiens, avaient ouvert la voie vers le littoral.

Malgré une économie plutôt fragile, une fraction de la population était parvenue à s'enrichir, à accumuler des biens : des entreprises, des commerces, des terrains et des appartements. Face à la vie austère des ouvriers des champs et des fabriques, une petite bourgeoisie locale se distinguait, accédait à une vie plus confortable. Sur les cartes postales en noir et blanc du début du XXe siècle, on voit ces familles qui flânent fièrement sur la promenade longeant la rivière, s'installent à la terrasse du café sur la place. L'une de ces photographies d'époque montre la devanture impeccable du magasin de ma famille. Un homme en costume se tient à l'entrée, droit et fier. Son nœud papillon et son chapeau sont impeccables. Il s'appelle Désiré. Mon arrière-grand-père fixe l'objectif d'un air sévère. Le contraste avec les autres habitants qui remontent la rue dans leurs salopettes de travail sales et rapiécées est saisissant. Cette image jaunie raconte à elle seule tout ce que signifiait notre nom.

Jusqu'au début des années 1980, cette boucherie, c'était encore quelque chose. Le samedi et le dimanche, la queue s'allongeait sagement jusqu'au-dehors. Le lieu était respecté et intimidant pour toute une partie de la population. On gardait les meilleures pièces de viande et les compliments pour la clientèle la plus aisée. On se débarrassait des vieux morceaux en les servant aux familles modestes, celles qui osaient à peine franchir la porte et qui ne risquaient pas de se plaindre. Au milieu de la grande rue commerçante du village, on faisait encore la loi. Plus pour longtemps.

L'ALERTE

Jacques Leibowitch, un immunologiste de l'hôpital Raymond-Poincaré à Garches, est l'un des autres rares lecteurs français des bulletins du CDC d'Atlanta. Au début de l'été 1981, sa sœur, dermatologue à l'hôpital Tarnier, lui apprend par hasard que deux patients homosexuels sont traités dans son service pour un type extrêmement rare de cancer de la peau : le sarcome de Kaposi.

Le 3 juillet 1981, le *MMWR* a justement publié un article qui s'intitule « Sarcome de Kaposi et pneumocystose chez des hommes homosexuels – New York et Californie ». Le bulletin confirme la multiplication mystérieuse de ces maladies chez de jeunes gays californiens et new-yorkais, et précise que le sarcome de Kaposi vient d'être diagnostiqué chez vingt-six homosexuels américains, dont quatre souffrent également d'une pneumocystose.

La lecture de cet article laisse Jacques Leibowitch dubitatif. Il est en effet inhabituel pour une publication médicale de définir une population par son orientation sexuelle. Mais le médecin fait aussi le rapprochement avec les deux cas d'homosexuels touchés par ce cancer de la peau rarissime dont lui a parlé sa sœur, quelques jours auparavant.

Il fouille dans ses tiroirs. Et trouve parmi ses archives un dossier intéressant, celui d'un chauffeur de taxi d'origine portugaise décédé en 1979. L'homme était mort des suites d'une impressionnante série d'infections, et en particulier d'une pneumocystose. Tout cela frappe la curiosité de l'immunologiste, qui passe quelques coups de fil à ses collègues des grands hôpitaux franciliens. À l'hôpital Claude-Bernard, il entre en contact avec un infectiologue qui se pose les mêmes questions. Willy Rozenbaum partage avec lui ses premières constatations. En échangeant avec des confrères, il a recensé cinq autres cas récents de pneumocystose que personne ne peut expliquer. S'il est parvenu à identifier six cas identiques à ceux décrits par le *MMWR* en l'espace de quelques semaines à peine, c'est qu'il doit en exister beaucoup plus.

Face à l'apparition étrange de ces deux maladies en France, les deux médecins sont convaincus : il est temps de donner l'alerte.

RUE DU 4-SEPTEMBRE

Des carcasses ensanglantées. C'était ça, l'or de la famille depuis trois générations. Des pièces de viande vendues au détail qu'on emballait soigneusement dans du papier vichy rose sur lequel était inscrit notre nom.

La légende raconte que mes grands-parents s'étaient mariés de nuit pour échapper à l'interdiction de mon arrière-grand-père. Dans l'espoir de protéger son patrimoine et sa réputation, il avait défendu à ses enfants d'épouser des Italiens. À l'âge de se marier, aucun d'entre eux n'avait manqué de transgresser son commandement.

Je me suis souvent demandé comment un mariage de nuit, célébré en secret, avait pu réellement avoir lieu dans un si petit village où tout se sait. J'ai accepté cette version romanesque de leur histoire. Elle me plaisait d'autant plus que je me souviens seulement d'eux comme d'un couple enseveli par le travail.

La viande ne les quittait jamais. Le lundi était consacré à l'abattoir et les autres jours au magasin. On baissait bien le rideau en début d'après-midi, mais il y avait tant de choses à faire qu'une cuisine avait été aménagée pour déjeuner dans l'arrière-boutique. Depuis la rue du 4-Septembre, il aurait suffi de trois minutes à pied pour rentrer manger, pourtant. La maison familiale se situait tout près, juste derrière l'église. On l'appelait la « remise » parce que, dans le temps, elle avait servi à entreposer la marchandise destinée au magasin. Le travail nommait même les lieux de vie.

Le dimanche après-midi, la boutique était fermée. Mais il fallait s'occuper de la préparation de la semaine suivante : découper les carcasses de bœuf, saler les jambons, paner les escalopes, faire mariner la salade de museau, produire des tonnes de saucisses à la manivelle. S'ensuivaient des heures de nettoyage. On lavait le laboratoire à grande eau, les murs et les sols, les machines, les couteaux, les bacs dans lesquels on transportait les viandes. Le rouge sombre du sang, dilué dans l'eau savonneuse, virait au rose. On frottait une lame sur le billot pour retirer la viande que les coups de couteau y avaient incrustée. Ce geste avait été répété si souvent que le bois dans lequel avait été taillé ce meuble monumental était creusé sur plusieurs centimètres. Enfin, on lessivait les tabliers et les torchons à haute température. Tout recommençait le lendemain. Le travail du magasin minutait la vie quotidienne et n'offrait aucun répit. La viande avait tout donné à la famille, on ne devait pas lui être infidèle.

Émile, mon grand-père, parcourait également des centaines de kilomètres chaque semaine pour approvisionner la constellation de villages perchés aux alentours. Son camion aménagé allait de hameau en lieu-dit agrippés aux versants calcaires, et stationnait ici quelques heures, là quelques minutes. Dans ces bourgs privés de commerces depuis des années, on le guettait avec impatience.

Il connaissait parfaitement la région. Son père, Désiré, et avant lui son grand-père, François, s'y étaient établis comme maquignons. Ils achetaient aux paysans pauvres des vallées des bêtes sur pied pour trois fois rien, qu'ils ramenaient et parquaient sur les hauteurs du village pour les engraisser. Quand elles étaient parvenues à maturité, les bêtes étaient abattues et leur viande revendue au détail pour réaliser des marges confortables.

Ce que les gens venaient chercher au magasin, c'était une viande saignée par le boucher lui-même, un gage de qualité. Sur le carnet du service militaire de Désiré, datant de 1908, j'ai lu cette qualification, précisément inscrite à la rubrique profession : « Boucher sachant tuer ».

Peu à peu, la famille avait accumulé un patrimoine et ils étaient désormais des notables, des possédants.

Émile avait passé son enfance au village, dans les années 1930. La bourgade était alors bien vivante, avec ses hôtels, ses blanchisseries, sa tannerie, ses usines de meubles et de pâtes. Tout juste après son certificat d'études, le fils avait été embauché par le père et s'était vite rendu indispensable. Il l'accompagnait dans les villages des environs pour acheter des bêtes. À l'écart des hameaux, au bout de petites routes accidentées, on trouvait des fermes isolées. Désiré avait appris à Émile à choisir les bêtes, à les négocier avant de les charger dans la bétaillère malgré leur entêtement instinctif. Il lui avait fièrement montré comment les engraisser, les abattre et les découper. Ainsi, Émile était devenu boucher. Sa vie était inscrite dans la continuité des siens, dans la mémoire des lieux. On lui avait légué un nom et un statut, plus encore qu'un métier. À la mort des parents, les enfants s'étaient partagé l'épargne, les appartements et les terrains. Comme il était l'aîné, Émile avait naturellement repris la boucherie et la « remise ». Il avait reçu l'entreprise, le métier et la vie de son père en héritage.

L'histoire de Louise, ma grand-mère, était autrement plus tourmentée. Elle était issue d'une famille italienne du Piémont. Son père se tuait aux champs. Il travaillait dans une exploitation agricole de San Firmino pour un salaire qui le condamnait à la pauvreté. Le long de son dos voûté par le poids des charges, de sa nuque brûlée par le soleil, et dans le creux de ses mains meurtries, quelque chose avait fini par germer. Avec ses camarades d'infortune, il avait rêvé de lendemains qui chantent.

Les choses avaient mal tourné. La menace qui pesait sur les communistes s'était rapprochée. D'humiliations en exactions, la progression du fascisme ne lui avait plus laissé le choix. Une nuit de 1942, il avait dû se résoudre à fuir à la hâte, avec femme et enfants. Après plusieurs jours de marche vers le sud, au hasard des chemins, ils avaient trouvé refuge dans un village de la Roya. Dans ce bastion de gauche, des habitants leur avaient suggéré de prendre possession d'une maison en ruine. Peu après, le père de Louise était parvenu à se faire embaucher à la journée dans les fermes voisines.

Après la Première Guerre mondiale, l'arrivée de familles italiennes dans la région avait permis de limiter l'exode montagnard et de compenser l'absence d'hommes qui n'étaient jamais rentrés des tranchées. Ces immigrés pauvres étaient très appréciés par les employeurs locaux, dans l'agriculture, comme dans le bâtiment et l'industrie. À cette époque, c'était de la sueur et du sang italiens qui avaient creusé les gorges sombres et élevé des viaducs vertigineux sur lesquels la route et la voie ferrée conduiraient un jour des Alpes à la Méditerranée. Mais, depuis la crise des années 1930, on les accusait de tout. D'être sales, de se satisfaire de logements insalubres et de salaires déraisonnables ou encore d'avoir trop d'enfants.

Dans cette ambiance délétère, Louise acceptait son rang. Comme son père, elle avait appris bien vite à raser les murs, à baisser les yeux et à fermer sa gueule devant le mépris de ses patrons, des familles chez qui elle faisait le ménage ou dont elle gardait les enfants à peine plus jeunes qu'elle. Elle ne s'en plaignait pas. Ici aussi, c'était la misère, mais au moins, elle ne craignait plus que des hommes en chemise brune ne débarquent une nuit et ne laissent son père pour mort sur le pas de la porte.

Ma grand-mère ne parlait pas souvent de son enfance au cours de laquelle elle avait manqué de tout. Elle ne s'attardait pas sur les détails, mais elle racontait parfois le froid, la faim et le racisme. Elle se souvenait de cette maison trop étroite pour une famille si nombreuse. Jeune fille, elle avait passé des années à dormir par terre et à ne se nourrir que de polenta. Les plats neutres la dégoûtaient, elle conjurait son passé en cuisinant des repas généreux. C'était sa revanche.

Rien dans la maison de mes grands-parents ne disait son histoire. Seule sa mère, une vieille femme presque centenaire, enroulée dans une couverture et atteinte de la maladie d'Alzheimer, témoignait encore de son passé. Assise dans un fauteuil, quasiment sourde, mon arrière-grand-mère marmonnait pendant des heures des phrases incompréhensibles dans un mélange d'italien et de patois piémontais. Elle se réveillait parfois en panique. Une scène de sa jeunesse avait surgi dans ses rêves. Elle y cherchait son mari, ses parents en criant. C'était elle, l'Italie, qui revenait, comme ces souvenirs qu'on tâche de réprimer au milieu de la nuit. Pour la calmer, ma grand-mère retrouvait durant quelques secondes sa langue perdue.

Louise avait rencontré mon grand-père à la fin de l'adolescence. Chaque samedi de l'été, un village de la vallée fêtait son saint patron en organisant un bal. Après la messe, on promenait une statue de bois à travers les rues, puis on montait un parquet de danse sur la place. Sous les guirlandes lumineuses, Émile avait invité Louise à danser. En quelques chansons, leur avenir était joué. Malgré les réticences du père d'Émile, le mariage avait eu lieu. Louise s'était rapidement intégrée à la minorité aisée du village. Dans cette petite communauté, certains noms de famille s'affichaient fièrement sur une devanture de magasin ou la remorque d'un camion. D'autres étaient marqués comme une infamie de l'alcoolisme d'un père ou du désespoir d'une mère dépassée par les frasques de ses enfants trop nombreux. Louise s'était assurée que sa progéniture fasse honneur à la caste à laquelle elle appartenait à présent. Celle dont les enfants étaient appelés par leur prénom, vus à l'église et sur les terrains de tennis, et recevaient toujours les félicitations des instituteurs, contrairement à ceux des familles modestes qui traînaient dans les rues. Ceux-là ne recevaient jamais rien d'autre que les coups du directeur de l'école qui hurlait leur nom, les faisait s'agenouiller de longues heures dans son bureau avec un dictionnaire sur la tête.

Ma grand-mère avait désormais des gens sous ses ordres, cela faisait partie des attributs de sa nouvelle classe. Des handicapés mentaux furent placés chez mes grands-parents par l'Assistance publique, Pierre, puis Suzanne. C'était une pratique courante dans l'arrière-pays niçois. De nombreuses familles en tiraient une indemnité financière, tout en disposant de bras supplémentaires pour le travail.

Au magasin comme à la maison, Louise affirmait donc son rang. Elle criait, rabaissait, donnait des ordres à des gens dociles. D'anciens clients du magasin se souviennent encore aujourd'hui de ses remarques acerbes quand certains manifestaient leur impatience à être servis. Ma grand-mère était revenue de tout, de l'exil, de la faim, du froid et des humiliations. Elle se comportait comme on l'avait fait avec les siens.

Au cours de cette vie sans repos, Louise et Émile fondèrent une famille. Ils eurent quatre enfants : Désiré, Jacques, Christiane et Jean-Philippe. Comme s'il héritait de quelque chose de particulier, et ainsi que le voulait l'usage dans beaucoup de familles italiennes, l'aîné des garçons reçut le prénom de son grand-père paternel. Ce prénom, c'était le legs de l'un des rares soldats du village à être rentrés vivants des tranchées, l'aïeul grâce à qui la famille vivait à présent dans le confort. Au premier des fils, il incombait de montrer l'exemple, de suivre le chemin de ses parents, d'honorer ce nom que ses ancêtres s'étaient efforcés de porter haut dans toute la vallée.

LE SYNDROME GAY

En juillet, puis en août 1981, le *MMWR* annonce qu'une épidémie gagne du terrain aux États-Unis. La maladie touche plus d'une centaine de patients, de San Francisco à New York. Pour l'heure, personne n'a identifié l'agent responsable de l'effondrement des défenses naturelles des malades. Les premières analyses font apparaître un déficit vertigineux du système immunitaire.

En attendant de comprendre, on tâche de traiter tant bien que mal les symptômes et les pathologies qui prolifèrent chez les personnes infectées. Fièvres, sueurs nocturnes, perte de poids, diarrhées chroniques, augmentation du volume des ganglions lymphatiques sont identifiés comme les signes précurseurs de la maladie, avant que des affections plus graves, comme la pneumocystose et le sarcome de Kaposi, ne se manifestent. Le syndrome est diagnostiqué chez une femme et quelques hommes hétérosexuels, vraisemblablement héroïnomanes. En regard du nombre d'homosexuels concernés jusqu'alors, cette information paraît négligeable.

L'état des malades évolue très souvent de la même façon. Quelques brèves victoires, des moments de rémission apparente, puis la faiblesse des défenses naturelles s'exacerbe au point que les malades succombent aux assauts des infections suivantes. Puisque les homosexuels sont fortement représentés parmi eux, on cherche d'abord dans leur mode de vie l'origine de la contamination. On songe un temps au poppers, un excitant très prisé de la communauté gay. Des scientifiques américains se rendent dans les clubs pour s'en procurer des échantillons et les analyser en laboratoire. L'hypothèse est vite abandonnée.

« Kaposi. Le mal mystérieux des homosexuels américains. »

Le 6 février 1982, *Libération* est le premier quotidien français à publier un article à propos de cette maladie. Tout est rédigé au conditionnel. Le journaliste s'est efforcé de rassembler le peu d'éléments disponibles. Il cite Willy Rozenbaum, qui a pris en charge à l'hôpital Claude-Bernard les premiers cas recensés en France, et donne le numéro de téléphone d'un centre d'épidémio-vigilance qui n'est autre que le modeste bureau du médecin parisien.

Willy Rozenbaum et Jacques Leibowitch sont terriblement seuls. Leurs confrères raillent leur nouvelle patientèle et se demandent à quoi bon dépenser tant de temps et d'énergie pour une affection inconnue qui ne concerne qu'une dizaine de malades en France. La recherche portant sur ce déficit immunitaire ne passionne guère.

Le 6 mars 1982, Willy Rozenbaum et cinq autres médecins publient dans la revue *The Lancet* un article intitulé « Multiples infections opportunistes chez un homosexuel masculin en France », où ils exposent l'évolution de la maladie chez le premier patient repéré par l'infectiologue, le 5 juin 1981. L'état du jeune steward atteint de pneumocystose s'était rapidement aggravé, il avait développé d'autres pathologies, dont une toxoplasmose cérébrale au mois d'août suivant.

En juillet 1982, on peut lire dans le *MMWR* un article indiquant que la maladie vient d'être diagnostiquée chez trois hémophiles hétérosexuels et un bébé transfusé. La liste s'allonge et, semaine après semaine, publication après publication, elle intègre aussi des patients hétérosexuels, hémophiles, toxicomanes, des femmes et des jeunes enfants. Cependant, en France comme aux États-Unis, les autorités ne comprennent pas la raison pour laquelle quelques médecins s'intéressent autant à ce que l'on appelle encore le « syndrome gay ».

Willy Rozenbaum est à présent persuadé qu'il s'agit d'un virus. Particulièrement agressif, il serait en mesure d'anéantir le système immunitaire, ouvrant la voie à des affections rarissimes chez de jeunes sujets. D'après les caractéristiques des premiers malades recensés, Willy Rozenbaum pense qu'il se propage par les rapports sexuels et les contacts sanguins. Avec sa consœur et amie, la virologue Françoise Brun-Vézinet, il procède par élimination en considérant un à un les virus déjà repérés qui se transmettent par les voies sexuelle et sanguine. Le cytomégalovirus est un suspect de poids. Du type herpès, il s'attaque essentiellement à des personnes immunodéprimées et engendre parfois des pneumopathies. La virologue en chef de Claude-Bernard a déjà travaillé dessus, elle sait le dépister et entame des recherches à partir du sang et des ganglions des premiers patients. Après quelques semaines de travail, les deux médecins doivent se rendre à l'évidence : certes, on retrouve parfois ce cytomégalovirus dans les prélèvements effectués sur les malades, mais c'est loin d'être systématique. Ce dernier n'est sans doute pas à l'origine de la maladie.

Le coupable est certainement un virus inconnu des chercheurs. Sur la base d'articles parus dans des revues médicales américaines, Willy Rozenbaum, Françoise Brun-Vézinet et Jacques Leibowitch s'intéressent aux rétrovirus. L'hypothèse est séduisante, car cette catégorie de virus n'a été que peu étudiée, notamment chez l'homme. Les compétences dans ce domaine font défaut aux trois médecins français. Ils ont besoin d'aide. Rozenbaum essuie un premier refus auprès de l'équipe de Jean-Paul Lévy à l'hôpital Cochin. Très à l'aise en anglais, Leibowitch noue, quant à lui, de premiers contacts aux États-Unis avec Robert Gallo, un virologue de renommée internationale depuis qu'il a découvert le premier rétrovirus humain, le HTLV, responsable de certaines leucémies. Il pense que l'Américain est le seul qui puisse l'aider à y voir plus clair dans le sang des patients.

Parallèlement, les efforts de Willy Rozenbaum pour alerter les médias commencent à porter leurs fruits. Le samedi 27 mars 1982, le premier reportage télévisé consacré à la maladie est diffusé au 20 heures d'Antenne 2. Christine Ockrent explique que les cas de sarcome de Kaposi, un cancer pourtant rare, se multiplient de manière inquiétante aux États-Unis. Étrangement, cela ne concerne que des hommes homosexuels. Puis la journaliste lance la séquence : un New York de carte postale, avec gratte-ciel, taxis jaunes, policiers. Suivent des images de bars gays où dansent de jeunes hommes bodybuildés, ainsi que des micros-trottoirs où des passants, plus ou moins inquiets, expliquent que les informations dont ils disposent proviennent d'affiches artisanales griffonnées à la main et placardées sur la devanture des pharmacies. Elles alertent la communauté gay sur l'apparition d'une nouvelle maladie en décrivant, photos à l'appui, des symptômes évocateurs.

Le sarcome de Kaposi, la communauté homosexuelle : les stéréotypes concernant les malades resteront ainsi figés durant des années. Faute d'explications tangibles, on se contentera pendant longtemps de montrer les corps souffrants des patients condamnés. La solitude et l'isolement des individus porteurs de ce qu'on nomme alors communément le « cancer gay » ne feront que s'aggraver au fil du temps.

Même si le reportage d'Antenne 2 précise que des cas toujours plus nombreux sont recensés en France, les institutions et le public regardent le phénomène comme une épidémie très lointaine. Willy Rozenbaum se démène pour élargir son audience. À plusieurs reprises, il tente de se rapprocher de l'association des médecins gays, qui lui oppose d'abord un refus catégorique. Certains craignent que tout cela ne serve qu'à stigmatiser davantage la communauté homosexuelle, plus qu'à comprendre la maladie. L'association finit tout de même par accepter de travailler avec lui pour mieux recenser et accompagner les malades.

Dans le monde très feutré des institutions hospitalières parisiennes, l'inquiétude et l'agitation de ce directeur de service commencent à déranger. Tout cela va bientôt lui coûter cher. Un soir de mai 1982, le couperet tombe. La direction de Claude-Bernard, gênée par l'apparition d'une population homosexuelle que l'infectiologue attire dans ses consultations, lui signifie que, s'il choisit de continuer à travailler sur ce syndrome, il devra trouver un autre hôpital où exercer.

JEUNESSE

Mon père ne parlait jamais de cette partie de son travail. C'était pourtant là que la réputation de la famille se jouait. Quand je lui demandais de me raconter comment ça se passait, il expliquait juste qu'il fallait faire vite. Pas tant parce qu'il y avait du pain sur la planche, mais parce qu'il ne fallait pas stresser les bêtes. Autrement, la viande, elle était foutue. Il disait que le bétail n'avait pas à souffrir pour rien.

L'éleveur faisait descendre une première bête de la bétaillère. Les autres attendaient leur tour en beuglant dans la nuit. Au bout d'une corde, il la guidait le long d'une allée bordée de barrières métalliques, et lui parlait à l'oreille en lui tapant sur l'échine pour la mettre en confiance. Pierre, « l'employé » de la famille, le suivait de près. Émile et mon père les attendaient au bout, dans une grande pièce éclairée de néons, toute carrelée de blanc. Au plafond, des rails étaient parcourus de crochets sur lesquels on crucifiait le bétail. Arrivé au bout de l'allée, l'éleveur tirait sur la corde, coinçant la tête de la bête contre la barrière. C'est à ce moment que surgissait le couteau de mon père. Rapide, précis. Il sectionnait brusquement une artère du cou pour que la bête meure sans se débattre, sans comprendre qu'on la tue. C'était mieux pour tout le monde. Une fois la saignée opérée, on basculait la bête la tête en bas pour l'éventrer.

Dans la carcasse gisante, encore traversée de violentes convulsions, mon grand-père et mon père triaient dans les organes à coups de lame. Pierre poussait ensuite la carcasse évidée le long des rails jusqu'à la chambre froide, tandis que l'éleveur allait chercher la prochaine victime dans la bétaillère. On ne pouvait pas s'arrêter, pas avant d'avoir saigné la dernière bête.

Lorsque les meuglements s'étaient enfin tus, dans la nuit redevenue silencieuse, chacun prenait le temps de faire une pause. Couverts de sang et de sueur, on partageait un thermos de café, du pain et du fromage sous les étoiles. Assis sur le marchepied des camions, on échangeait des nouvelles des fermes et des villages des alentours. Les éleveurs félicitaient le boucher qui avait si bien appris à tuer à son fils. C'est pour cela qu'ils étaient ici. On abattait leurs bêtes mieux qu'ailleurs.

Une BMW jaune se garait parfois entre les camions, avec l'autoradio à fond. L'autre fils du boucher rentrait de la côte. Il avait passé la nuit à faire la fête. Dans son costume en velours et ses chaussures vernies, il avait écumé les bars du bord de mer avec ses amis. Comme l'abattoir se situait à l'entrée du village, il s'arrêtait boire un café avec son père avant d'aller se coucher. Émile présentait fièrement son aîné aux rares éleveurs qui ne le connaissaient pas encore. Désiré allumait une cigarette avant de raconter ses frasques. Sous le regard admiratif de son petit frère et avec la bénédiction de son père, il amusait la galerie jusqu'à ce que la nécessité du travail rappelle son auditoire à l'ordre. Il disparaissait alors en souhaitant une bonne nuit à tous ceux qui n'en auraient pas.

Désiré était le fils préféré. C'était souvent le cas dans les fratries de la vallée, le premier des garçons était plus choyé que les autres, il bénéficiait d'un statut à part, comme si l'attention exclusive qu'on lui avait portée avant l'arrivée de ses frères et sœurs ne s'était jamais dissipée. Émile reproduisait simplement le modèle de ses parents. Ces choses-là n'étaient pas dites, mais mon père, le deuxième de la fratrie, m'en a parlé parfois. Il justifiait l'éducation qu'il nous donnait, à mon frère et moi, par l'importance de l'équité affective et matérielle. Comme si c'était là que s'était nichée l'origine du désastre. L'histoire de ses parents et de Désiré s'était imposée comme un exemple à ne pas suivre. Un jour que je rechignais à descendre les poubelles en bas de la rue, en disant que c'était au tour de mon frère, il était entré dans une colère inhabituelle. Il avait évoqué son enfance, ses parents qui comptaient toujours sur lui pour les tâches ingrates, dont ils préservaient son frère aîné : « Désiré, il avait toujours des habits neufs qu'il ne fallait pas salir, mais moi, qui récupérais ses vieux vêtements, je pouvais bien rentrer le bois dans le garage, nettoyer le laboratoire de la boucherie ou jeter les poubelles. Quand il mettait un tricot neuf, je devais même porter son cartable sur le chemin de l'école ! » Et puis, il avait ajouté, comme il le répétait souvent : « Ici, il n'y a pas de préféré. » J'ai compris bien plus tard la raison de cette obsession qui dénonçait, sans le dire, l'éducation de ses parents, qui les accusait en creux du destin de son frère.

Très jeune, mon père s'était rendu indispensable à la boucherie. Il était soucieux de satisfaire ses parents et insistait pour s'engager au plus vite dans le métier de son père. Il avait pourtant de bons résultats scolaires et des professeurs qui l'incitaient à poursuivre ses études. Il avait refusé catégoriquement. Sa détermination était telle qu'il a obtenu l'autorisation de quitter l'école avant l'âge légal. À quinze ans, il a donc abandonné sa jeunesse pour le travail. Sa vie a été engloutie par la boucherie. Debout le matin à quatre heures, il suivait son père partout : à l'abattoir, au magasin, dans ses tournées. Alors qu'il était déjà projeté dans une vie d'adulte, ses amis allaient au lycée, passaient leurs vacances à faire la fête. Dans les dîners, le samedi soir, ses yeux se fermaient au milieu des discussions. Sa tête finissait par heurter la table. On devait le réveiller pour le dessert. Il s'éclipsait le premier pour être à la boucherie à l'aube, quand ses amis rentraient seulement se coucher. Peu à peu il n'a plus parlé que de son métier, des heures de labeur accumulées dans la semaine. On disait de lui que c'était « un bosseur », et c'était là toute sa fierté. Les clients, les livreurs, les grossistes louaient son ardeur à la tâche et enviaient ses parents d'avoir un fils aussi dévoué. Le dimanche après-midi, son corps à bout de forces s'écroulait sur le canapé. Il s'endormait devant les courses-poursuites des séries policières américaines.

Pendant ce temps, son frère aîné découvrait qu'une autre existence était possible loin de la viande et de la vallée. Le village ne disposait que d'une école et d'un collège, si bien que Désiré a poursuivi ses études au Parc impérial, un lycée niçois. Il descendait par le premier autorail du lundi et passait la semaine à l'internat. Là-bas, l'assurance et la gaieté que lui avait valu une enfance gorgée d'affection et d'admiration lui permettaient de s'imposer auprès des autres. Il était drôle, plein d'entrain et nouait facilement des amitiés.

Le fils aîné fréquentait ainsi de nouveaux territoires, peuplés de lieux et de visages connus de lui seul. Dans la vallée, rien n'échappait à ses proches, mais la majeure partie de sa vie se jouait à présent sur une scène à laquelle personne d'autre que lui n'avait accès.

Désiré rentrait à la maison par le train du vendredi soir. Il dînait avec sa famille avant de rejoindre ses amis au café, à qui il racontait ses aventures en ville. Ses parents étaient trop respectueux de ses études pour lui demander de travailler à la boucherie, le week-end. Ce n'était d'ailleurs plus nécessaire depuis que son frère cadet s'y employait. Alors, ils lui recommandaient juste de ne pas faire de bêtises. La liberté de mon oncle se jouait dans une échappée loin des siens.

Il a obtenu le premier bac de la famille. Pour sa mère, qui n'était pas allée au-delà de l'école primaire, et son père qui avait un CAP de boucher, ce diplôme représentait une immense fierté. Pressé d'acquérir une indépendance totale, Désiré n'a pas poussé ses études plus loin. Le notaire du village cherchait un secrétaire. Quand il s'est présenté, on l'a embauché immédiatement. Mon oncle s'est installé bientôt dans son propre appartement, au-dessus du café de la place.

Tout se déroulait comme l'avaient voulu son père et sa mère. Leur fils aîné avait fait des études et travaillait dans un bureau respecté. Le cadet, plus manuel et appliqué à la tâche, assurait la continuité du commerce grâce auquel ils avaient acquis un nom.

AU ROYAUME DES AVEUGLES

Au cours de l'année 1982, le nombre de malades diagnostiqués en France progresse. Willy Rozenbaum a trouvé un poste à l'hôpital de la Pitié-Salpêtrière, où il peut de nouveau recevoir ses patients. Aucun d'entre eux ne voit son état s'améliorer. Les décès s'accumulent.

L'infectiologue est habitué à côtoyer la mort, mais dans le cas de cette maladie, la condamnation des patients est double : une mort physique et aussi sociale. Les articles de presse, les reportages de télévision sur la maladie ont propagé la peur dans la population. Les proches sont rares au chevet des malades, qui sont réduits à leur homosexualité, leur toxicomanie, la plupart d'entre eux n'ayant plus que de rares médecins comme interlocuteurs.

Dans son nouvel hôpital, Willy Rozenbaum sympathise avec David Klatzmann, un jeune immunologiste, encore étudiant, qui l'aide dans son observation du sang des malades. À un stade avancé de la maladie, il confirme qu'on ne détecte presque plus de lymphocytes T4 dans le sang des patients, comme certaines publications américaines en faisaient déjà état.

Le 27 juillet 1982, à Washington, l'acronyme AIDS (*Acquired Immunodeficiency Syndrome*), traduit en français par SIDA (syndrome d'immunodéficience acquise), est adopté pour nommer la maladie. Le nom a changé, mais les stigmates associés à l'ancien « syndrome gay » ne disparaissent pas pour autant.

À Paris, sous l'impulsion de Willy Rozenbaum et de Jacques Leibowitch, un petit groupe d'une vingtaine de médecins se réunit tous les quinze jours depuis le printemps. On y trouve les virologues de l'hôpital Claude-Bernard, Françoise Brun-Vézinet et son élève Christine Rouzioux, les immunologistes Jean-Claude Gluckman et David Klatzmann, le pneumologue Charles Mayaud, le psychiatre Didier Seux et des praticiens de spécialités diverses. Ils partagent leurs observations de terrain et élaborent des hypothèses pour dissiper l'ombre qui entoure encore cet étrange syndrome. Les malades doivent être mieux accompagnés. Des représentants de la Direction générale de la santé, dont Jean-Baptiste Brunet, rejoignent bientôt le groupe.

Les membres de ce qu'on désigne comme le GFTS – le Groupe français de travail sur le sida – sont tous jeunes, les plus âgés sont à peine quadragénaires. Deux d'entre eux seulement sont déjà professeurs, certains n'ont pas tout à fait terminé leurs études. Parmi eux, aucun poids lourd du monde médical et scientifique. Les spécialistes et médecins renommés de l'époque ne portent pas d'intérêt à cette maladie qui touche peu de personnes, celles-ci appartenant en outre à des catégories de population considérées comme marginales. Ces deux points, l'absence de ténors du monde médical ainsi que l'homosexualité de la plupart des malades, condamnent le GFTS à développer ses travaux dans l'indifférence.

L'équipe du GFTS se démarque aussi par sa dimension pluridisciplinaire. Chaque spécialité se cantonne habituellement à un domaine précis. Là, des infectiologues, des immunologistes, des dermatologues, un pneumologue, des virologues, un psychiatre et des médecins généralistes mettent leurs connaissances en commun. Des représentants de l'association des médecins gays permettent par ailleurs de faire le lien avec la communauté qui semble la plus touchée.

Lors de la première réunion du groupe, Willy Rozenbaum et Jacques Leibowitch exposent les cas des patients qu'ils ont identifiés, décrivent les symptômes et avancent l'hypothèse d'un virus qui se propagerait par le sang et les relations sexuelles. On fait le point sur les premiers échanges avec le CDC d'Atlanta. On rédige des communiqués à diffuser auprès du plus grand nombre possible de médecins pour mieux recenser les malades.

Jacques Leibowitch rend compte de ses entretiens avec le virologue américain Robert Gallo, à propos des rétrovirus. La thèse selon laquelle la maladie serait spécifiquement homosexuelle et masculine paraît très fragile au médecin français. Il rappelle qu'on a observé des cas féminins de sarcome de Kaposi et de pneumocystose en France, comme aux États-Unis. Il présente à ses collègues une note d'une dizaine de pages qu'il a rédigée pour alerter les grandes institutions hospitalières françaises.

L'un des premiers chantiers est de faire remonter les informations du terrain. Des centaines de médecins, à qui les symptômes de la maladie ont été décrits, sont invités à faire état des cas qu'ils pourraient rencontrer dans leurs consultations. L'initiative est accueillie, une fois encore, dans une certaine indifférence. Vingt-neuf patients, seulement, sont recensés à la fin de l'année 1982, dont la quasi-totalité en Île-de-France, alors qu'on en suspecte bien davantage. Selon de très nombreux médecins, le temps des grandes épidémies est révolu, et peu se portent volontaires pour l'exploration de ce continent incertain. Borgnes au royaume des aveugles, les médecins du GFTS sont bien seuls à vouloir comprendre ce qu'il en est, au sein d'un milieu médical qui refuse de voir la vérité en face. Les discussions sont souvent très animées. Jacques Leibowitch est un homme vif, qui s'emballe facilement. Il prend rapidement ses distances avec Willy Rozenbaum pour privilégier une collaboration avec l'équipe du professeur Gallo. Les chemins des deux premiers Français à avoir saisi la gravité du syndrome du sida se séparent en 1982.

Parallèlement, des permanences téléphoniques sont mises en place pour recenser et contacter les malades afin de les informer, mais aussi apprendre d'eux. À ce stade, ceux-ci en savent souvent davantage que les médecins eux-mêmes. Ils prennent ainsi une place inédite dans le processus de soins par l'observation qu'ils font de leurs symptômes et par la mise en commun de leurs constatations. Ces jeunes gens, des hommes pour la plupart, ont le même âge que ceux qui les soignent et sont souvent mis au ban de leur famille, qui ne veut plus les toucher ni même les voir. Ils sont beaucoup à retrouver au GFTS l'écoute, la considération et l'espoir qu'ils pensaient avoir définitivement perdus.

AMSTERDAM

Amsterdam est une très belle ville. Les gens sont adorables. Je rentre bientôt.
Je vous embrasse.
Désiré

Les ennuis de la famille ont commencé par ces quelques mots inscrits au dos d'une carte postale reçue un matin à la boucherie.

Désiré avait tout abandonné sur un coup de tête. Quelques mois auparavant, au camping municipal, il avait sympathisé avec un groupe d'étudiants hollandais. La facilité avec laquelle ces jeunes voyageaient et nouaient des amitiés au gré de leurs pérégrinations était une chose fascinante pour mon oncle. Ils avaient fumé des joints ensemble, discuté pendant des heures. Un couple lui avait laissé une adresse à Amsterdam. Annekatrien et Nell l'avaient invité à venir passer quelques jours chez eux dès qu'il en aurait l'occasion.

De longues semaines d'ennui entre l'étude du notaire et le café de la place s'en étaient suivies. Un matin, Désiré n'avait pas trouvé la force de rejoindre son travail. Il avait rassemblé quelques affaires dans un sac de voyage, était passé à la boucherie pendant la sieste de son père faucher de l'argent dans la caisse, avant de prendre l'autorail à la petite gare du village, puis à Nice, le train de nuit pour Paris. À tout juste vingt ans, il franchissait pour la première fois les limites de l'enclos dans lequel son existence était emprisonnée. Tandis que le train filait dans la nuit, il se sentait de plus en plus libre.

Le lendemain de son départ, le téléphone de la boucherie sonnait. L'aîné annonçait qu'il était parti à Amsterdam chez des amis. Il ne fallait pas s'inquiéter. Ma grand-mère ne savait même pas situer cette ville sur une carte. Elle n'a pas eu le temps de lui ordonner de rentrer sans tarder pour conserver son emploi. La conversation a été coupée net par le monnayeur de la cabine téléphonique. La tonalité absurde du combiné la renvoyait à son impuissance.

Son aîné découvrait donc Amsterdam. Pendant que ses hôtes étudiaient à la fac, il déambulait le long des canaux, dans les parcs et les rues entre la gare et la place du Dam. Il se noyait dans une foule de gens, des hippies, des punks et des employés en costume. Loin du village, de la surveillance maternelle, le monde était sans limites. Entre l'argent qu'il avait mis de côté en travaillant et celui qu'il avait fauché dans la caisse de la boucherie, il pouvait tenir quelques semaines. Il comptait rentrer quand il serait à sec.

Un soir, il s'est installé dans un bar en bas de chez Annekatrien et Nell pour les attendre. Une jeune fille mince aux cheveux châtains a engagé la conversation avec lui. Elle avait remarqué qu'il n'avait pas mangé ses cacahuètes et se proposait de l'en débarrasser. Face à son entrain à les dévorer, mon oncle a éclaté de rire. Ils ont fait connaissance dans un mélange d'anglais et de français.

Elle s'appelait Maya, elle avait à peine seize ans et s'était enfuie de son internat. Elle était à la rue depuis plusieurs jours et venait ici le soir s'offrir une boisson avec les quelques pièces récoltées dans la journée. Elle se nourrissait des cacahuètes que les serveurs déposaient sur les tables. Mon oncle lui a raconté aussi son histoire, le village, l'ennui, son besoin de prendre la route, son désir de vivre une autre vie que celle de ses parents. Maya est tout de suite tombée amoureuse de Désiré, de ses cheveux longs et de son air à la Patrick Dewaere. Le lendemain, Maya posait ses quelques affaires chez Annekatrien et Nell : des vêtements, quelques disques de Gerry Rafferty et une vieille guitare.

Au village, mon père travaillait, comme toujours. Avant l'ouverture de la boucherie, il passait au café discuter avec les habitués, lire et commenter la page « Vallées » de *Nice-Matin* consacrée aux nouvelles de l'arrière-pays. Ce matin d'automne, le journal montrait en une les corps de deux jeunes garçons découverts dans les toilettes de la gare de Nice. Ils avaient probablement succombé à une overdose d'héroïne. L'article rappelait que, quelques années avant, une jeune fille de dix-sept ans avait déjà été retrouvée morte, une seringue dans le bras, au casino de Bandol. Cette précédente affaire avait fait les gros titres de la presse nationale. Une loi, qui considérait les usagers de drogues comme des délinquants et les condamnait à des peines de prison ferme, avait été votée.

Au début des années 1970, la France avait enfin accepté de coopérer avec les États-Unis pour éradiquer la « French Connection », cette filière qui importait à Marseille de la morphine-base en provenance de Turquie avant de la transformer en héroïne destinée à l'exportation. Les policiers américains et leurs homologues français s'attendaient à démanteler dans le sud de la France un réseau d'envergure industrielle, mais ils avaient découvert une multitude de minuscules laboratoires installés dans de modestes maisons de l'arrière-pays provençal et azuréen. L'existence d'un vaste système organisé était ainsi une chimère qui cachait de petits réseaux nébuleux dont les fabriques se logeaient dans des salles de bains, des garages aménagés en laboratoires à Marseille, Toulon, Nice, Aubagne ou Saint-Maximin.

La France s'enorgueillissait d'avoir enrayé le trafic d'héroïne. Selon *Nice-Matin*, depuis que l'Hexagone avait durci sa législation, les réseaux s'étaient repliés aux Pays-Bas et en Italie, où la toxicomanie faisait maintenant des ravages. L'article en concluait que l'héroïne, qui avait coûté la vie aux deux garçons retrouvés dans la gare de Nice, provenait certainement de l'étranger. Au village, personne ne semblait se soucier de cette actualité lointaine.

À la boucherie, le temps commençait à paraître long à ma grand-mère. Elle épuisait son fils cadet de questions : « Qu'est-ce qu'il sera allé faire là-bas ? Il t'a rien dit, à toi ? Ça va faire trois semaines tout à l'heure qu'il est parti. » Son aîné n'en finissait plus de profiter de ses vacances à l'autre bout de l'Europe. Pourquoi si loin ? Pourquoi la Hollande ? À force, mon père a sans doute expliqué à sa mère qu'on pouvait y fumer de l'herbe en toute légalité, que c'était une substance qu'on mélangeait à du tabac pour planer un peu. Elle qui n'avait jamais bu une goutte d'alcool, ni fumé de cigarette, ne pouvait être que catastrophée par cette révélation. Que diraient les gens du village s'ils apprenaient que son fils se droguait ? Il fallait qu'il rentre. L'honneur de la famille était en jeu.

La carte postale de mon oncle venait justement d'arriver. Au dos de l'enveloppe était inscrite à la main une adresse à Amsterdam, chez une certaine Annekatrien.

PASTEUR

À la Pitié-Salpêtrière, Willy Rozenbaum et ses collègues du GFTS continuent de se démener pour faire progresser les connaissances sur le sida. Le climat d'indifférence qui règne ne les décourage pas. Impossible pour eux d'abandonner des patients pour lesquels ils représentent le dernier espoir de soins et de considération. Ils sont révoltés par le sort que la société leur réserve, par les discriminations qui se précisent à leur encontre. Ils ne peuvent se résoudre à les laisser être l'objet de rumeurs grossières. Willy Rozenbaum n'a jamais songé à baisser les bras. Les recherches qu'il a initiées depuis plus d'un an vont d'ailleurs prendre une tournure décisive.

Jacques Leibowitch et des confrères américains l'ont convaincu : il s'agit d'un rétrovirus. L'infectiologue fait tout son possible alors pour obtenir l'accord de présenter son travail à l'Institut Pasteur, où il pense trouver les compétences nécessaires pour mener des recherches en ce domaine. Il passe des soirées à rassembler toutes les données qu'il a accumulées semaine après semaine. Il veut persuader la prestigieuse institution de l'aider.

Un soir d'automne 1982, dans une minuscule salle de réunion, la présentation, par un praticien extérieur à l'Institut, d'un syndrome apparu récemment n'attire qu'un très petit nombre de pasteuriens. Mais Willy Rozenbaum ne se démonte pas. Méthodiquement, il expose le déroulement des événements depuis un an et demi : sa lecture de l'article du *MMWR*, les premiers cas de pneumocystose, le sarcome de Kaposi, les systèmes immunitaires anéantis, ses consultations qui se remplissent, les réunions du GFTS, les contacts avec les Américains, l'hypothèse du rétrovirus. Il souligne aussi le sort que la société réserve aux premiers malades. L'auditoire semble circonspect. À la fin de son exposé, il demande s'il y aurait dans la salle un rétrovirologue qui pourrait l'aider à résoudre cette énigme. Aucune réponse. La salle se vide dans une atmosphère d'indifférence. Le médecin s'est encore heurté à un mur.

De retour chez lui, il reçoit un coup de fil de Françoise Brun-Vézinet. Elle veut savoir comment s'est déroulée son intervention à Pasteur. La jeune femme dirige toujours le laboratoire de virologie de l'hôpital Claude-Bernard et continue de chercher dans les prélèvements des patients le responsable de la maladie. Willy Rozenbaum lui annonce son échec. Elle insiste : il y a bien une équipe à Pasteur qui a les compétences pour mener ces travaux. Pendant ses études, elle a suivi des cours délivrés par plusieurs membres de l'Institut. Elle se souvient très bien de Jean-Claude Chermann, un virologue qui présentait les résultats de ses recherches en rétrovirologie. Alors, avant de raccrocher, elle exhorte son confrère à ne pas se décourager, à continuer son travail d'information et d'alerte, et lui recommande de se rapprocher directement du supérieur de Chermann, le directeur de l'unité d'oncologie virale de l'Institut, le professeur Luc Montagnier.

LE VOYAGE

À tout juste dix-huit ans, mon père était missionné pour ramener son frère aîné d'Amsterdam. Le deuxième fils de la fratrie venait de passer son permis de conduire, de se payer sa première voiture, une Golf presque neuve. Surtout, il était celui de la famille qui s'appliquait le plus à obéir aux instructions des parents.

De toute sa vie, je ne crois pas savoir que mon père soit monté dans un avion ou un train. Il ne connaissait que son travail à la boucherie et la constellation de villages dans laquelle il accompagnait son père en camion. Il n'avait jamais voyagé et ne parlait que le français et quelques mots de patois italien pour discuter avec sa grand-mère. Les limites de son monde n'allaient pas au-delà. Pour lui, la terre était encore immense et méconnue.

Mais peu importe. Le deuxième fils de la famille, celui qui ne trahirait jamais la confiance de ses parents, s'apprêtait à traverser l'Europe pour retrouver son frère aîné. Mon grand-père lui a confié de l'argent dans une enveloppe et une carte routière achetée chez le marchand de journaux. Ma grand-mère a suggéré que son cousin Albert l'accompagne. Il connaissait bien Désiré. Il trouverait sûrement les mots pour le convaincre de rentrer. Ils sont partis un matin, à Amsterdam avec une adresse écrite sur un morceau de papier : celle depuis laquelle Désiré avait envoyé une carte postale pour rassurer sa mère.

Mon père ne m'a presque rien dit de cette expédition. Elle reste pourtant son plus grand voyage à ce jour. C'est mon ordinateur qui me raconte aujourd'hui leur trajet. Je sais désormais qu'ils ont tourné à droite après la place de l'église. Mille deux cent quatre-vingt-trois kilomètres exactement. Plus de treize heures de route, sans compter les pauses. J'imagine qu'ils se sont relayés au volant pour dormir à tour de rôle. Digne, Grenoble, Lyon, Dijon, Nancy, Metz, Luxembourg, Liège, Maastricht, Eindhoven, Utrecht et enfin, Amsterdam.

La seule chose que je sais de sa bouche, c'est une anecdote qu'il racontait parfois pour amuser des amis venus dîner à la maison. À l'entrée d'Amsterdam, ils sont arrêtés pour un contrôle d'identité. Comme leur uniforme et leur véhicule sont verts, ils ne comprennent pas tout de suite qu'il s'agit de policiers. Albert, hilare, répond aux questions par des insultes en français. « À chaque fois qu'un des types nous demandait quelque chose en hollandais, Albert, ce con, il fallait qu'il sorte une connerie. Et comme ça le faisait rire, il arrivait plus à s'arrêter ! » Les policiers comprennent qu'on se moque d'eux, ils les embarquent et les enferment pour la nuit dans des cellules individuelles, avec un grillage en guise de toit à travers lequel tombent lentement quelques flocons de neige. On les avait relâchés, frigorifiés, le lendemain.

J'étais fasciné par ce récit. Mon père avait failli finir en prison à l'autre bout de l'Europe pour une mauvaise blague. Lui que je n'avais jamais vu que derrière la vitrine du magasin. Sa vie prenait une dimension irréelle. Je demandais à en savoir davantage en le tirant par la manche au milieu des invités. Mais il poursuivait sa discussion d'adulte, me promettant d'en reparler un autre jour. Cette histoire était son unique incartade en dehors du village, une fierté dont il veillait à entretenir le souvenir.

À Amsterdam, sans comprendre un mot de néerlandais, Albert et mon père ont tout de même fini par trouver l'appartement d'Annekatrien et de Nell. Désiré était surpris de les voir débarquer, mais, après tout, cela lui faisait plaisir. Il vivait dans le salon de ses hôtes, avec une jeune fille qu'il avait rencontrée quelques jours auparavant. Maya a insisté pour partir avec eux. Elle avait abandonné ses études et pris ses distances avec ses parents.

Elle voulait découvrir la France avec Désiré. C'est elle qui l'a décidé à accepter de rentrer. Mon père ne laissait pas le choix à son frère de toute façon. Il ne s'imaginait pas revenir au village et dire à ses parents qu'il avait échoué. Mon oncle avait aussi conscience de ce que sa mère avait mis en œuvre pour qu'on le ramène. On ne pouvait pas infliger un tel échec à Louise.

Ils ont pris la route tous les quatre à l'aube. Albert et mon père à l'avant, Désiré et Maya, une Hollandaise mineure et sans passeport, sur la banquette arrière. Les deux amoureux avaient du haschich plein les poches, mais tout s'est déroulé sans encombre. Ils sont arrivés au village tard dans la nuit.

Le lendemain, Désiré présentait Maya à toute la famille. Trop heureux de le retrouver, son père et sa mère ont accueilli chaleureusement la jeune fille, tout en étant préoccupés par son âge et sa situation. Non seulement leur fils venait de traverser le continent à la manière d'un vulgaire vagabond, mais voilà qu'en plus il ramenait avec lui une jeune mineure en rupture avec sa famille. Ils ont contacté ses parents, avec l'aide de Maya, qui tâchait de faire office d'interprète. Ces derniers n'étaient pas opposés au choix de leur fille. Ils ont proposé de régulariser sa situation en constituant un dossier de jeune fille au pair. Quelques jours plus tard, Émile et Louise accompagnaient Maya à Nice pour établir une demande de passeport et entamer les démarches nécessaires à la régularisation de son séjour. Ainsi, ils seraient en règle au regard de la loi et en mesure également de présenter les choses de manière plus formelle au village. Le mécanisme du déni de ma grand-mère venait de s'enclencher. Désiré n'avait pas fugué aux Pays-Bas sans prévenir. Il était parti en vacances là-bas chez des amis et était revenu avec une jeune fille qui désirait apprendre le français.

Maya s'est installée avec mon oncle dans son appartement au-dessus du café. Elle a vite été intégrée à la famille et à l'activité du magasin. Les premiers mots de français qu'elle a prononcés furent ceux de la boucherie. Mon grand-père lui a appris à garnir la vitrine, à saler les charcuteries. Comme il ne se passait pas grand-chose au village, elle l'accompagnait parfois en tournée pour découvrir la montagne. Le lundi, elle se rendait à l'abattoir avec lui. Pour l'impressionner, Pierre, « l'employé », buvait le sang encore fumant des bêtes qu'on venait de saigner, avant de jeter les boyaux aux chiens.

Mon frère et moi avons aperçu cette jeune fille un peu hippie sur des photos de cette époque. Au hasard d'un Polaroid, on la voit blottie contre mon oncle sur le canapé en velours du salon de mes grands-parents. Quand nous demandions à notre mère qui était cette inconnue, elle répondait toujours avec le sourire : « Ah, ça, c'est Maya, elle était gentille. Elle a vécu quelques mois avec nous. Elle buvait du lait à table. J'avais jamais vu ça. C'était la fiancée que Désiré s'était ramenée d'Amsterdam. Ton père, il avait dû aller le chercher. Ça avait fait un de ces foins. »

Sur une autre photo, Maya apparaît avec Désiré, mon père et Albert sur un sofa, dans un salon à la moquette orange. C'est la seule image qu'il reste d'Amsterdam. Albert fait mine de boire du vin à la bouteille que lui tend mon père. Maya et Désiré rient aux éclats. Mon père a l'air très heureux d'être là. Comme si ce voyage n'avait pas été une corvée mais l'occasion de rejoindre son aîné pour une fugue de jeunesse. Une courte éclipse dans le ciel de la boucherie, sans aucune trace de cette colère qui surgirait quand je lui demanderais de me parler de son frère.

BRU

Au début du mois de décembre 1982, Willy Rozenbaum obtient un entretien téléphonique avec le professeur Luc Montagnier. Le directeur de l'unité d'oncologie virale à l'Institut Pasteur l'écoute avec attention. C'est l'occasion pour les deux hommes de faire un point sur ce que l'on connaît de cette nouvelle maladie. Depuis un an et demi, les recherches ont avancé en France et aux États-Unis. On sait désormais avec certitude qu'elle ne touche pas seulement des homosexuels. De plus en plus de cas sont recensés dans d'autres populations : hétérosexuels, héroïnomanes et hémophiles. La contamination se fait par les voies sanguine et sexuelle. Sans qu'on parvienne à l'expliquer, on dénombre aussi une forte proportion d'Haïtiens.

Mais le sida demeure encore bien méconnu. Les tentatives américaines de Robert Gallo pour identifier un virus dans le sang des patients se sont toutes soldées par des échecs. L'agent pathogène semble s'attaquer aux lymphocytes T4, mais on est incapable de le débusquer. Face aux multiples affections des malades du fait de leur système immunitaire déficient, les médecins ne parviennent pas à y voir clair. Pas assez du moins pour comprendre l'origine du syndrome.

Un samedi matin, une première réunion est organisée à Pasteur pour élaborer une stratégie. Willy Rozenbaum et Françoise Brun-Vézinet rencontrent trois scientifiques : Jean-Claude Chermann, Françoise Barré-Sinoussi et Luc Montagnier. Puisqu'on ne parvient pas à observer la présence d'un virus chez les malades au stade le plus avancé, ils suggèrent d'en rechercher l'existence lors de la phase initiale de la maladie, avant qu'il ne détruise le système immunitaire et qu'il n'efface les traces de son forfait.

Sur la proposition de Rozenbaum, les pasteuriens conviennent d'analyser le prélèvement d'un morceau de ganglion sur un patient au premier stade du sida. C'est là que doit se loger l'agent responsable, mais encore faut-il être sûr que le sujet retenu est sur le point de développer la maladie. L'infectiologue pense à l'un de ses patients en particulier. Un homosexuel qui voyage souvent aux États-Unis et y multiplie les expériences sexuelles. Il ne souffre actuellement que d'une lymphadénopathie, une inflammation des ganglions lymphatiques. Les symptômes sont encore peu nombreux, mais Rozenbaum reconnaît là toutefois l'un des premiers signes du mal. Il a observé cette pathologie chez tant de patients qui ont développé le sida par la suite. Il demande au jeune homme s'il donne son accord pour participer à l'expérience. Conscient du sort qui le guette, celui-ci accepte.

Le lundi 3 janvier 1983, dans une salle d'opération, Willy Rozenbaum effectue le prélèvement sur son patient. En fin d'après-midi, une partie en est confiée à Françoise Brun-Vézinet. L'échantillon est baptisé BRU, contraction du nom du donneur. Il traverse Paris en taxi, de la Pitié-Salpêtrière à l'Institut Pasteur.

C'est dans ce modeste convoi, au fond d'une glacière trimballée à travers la circulation chaotique de la capitale, que se déplace peut-être le responsable de l'une des épidémies les plus meurtrières de cette fin de siècle.

LES ENFANTS ENDORMIS

Sans doute que ça a commencé comme ça. Dans une commune qui décline lentement, au début des années 1980. Des gosses qu'on retrouve évanouis en pleine journée dans la rue. On a d'abord cru à des gueules de bois, des comas éthyliques ou des excès de joints. Rien de plus grave que chez leurs aînés. Et puis on s'est rendu compte que cela n'avait rien à voir avec l'herbe ou l'alcool. Ces enfants endormis avaient les yeux révulsés, une manche relevée, une seringue plantée au creux du bras. Ils étaient particulièrement difficiles à réveiller. Les claques et les seaux d'eau froide ne suffisaient plus. On se mettait alors à plusieurs pour les porter jusque chez leurs parents qui comptaient sur la discrétion de chacun.

Les anciens ne comprenaient pas. Des enfants d'entrepreneurs, de fonctionnaires, des filles et des fils de commerçants qui avaient parfois réussi à accumuler un patrimoine important. Des familles possédant des relations, des appartements, des terrains, des entreprises. Leurs héritiers n'étaient censés manquer de rien. Ils n'avaient pas connu la Seconde Guerre mondiale, pas plus que l'Indochine ou l'Algérie, les privations, la faim, le froid. Ils avaient assisté aux événements de 68 par l'entremise de la télévision, comme un écho lointain qui avait faiblement résonné dans ces vallées enclavées. Sans avoir participé aux manifestations ni aux grèves, ils avaient profité, eux aussi, de la remise en cause de l'autorité ancestrale. On les avait laissés faire des études, s'amuser, s'égarer, même, pour trouver leur voie, loin de la rigueur dans laquelle leurs parents avaient grandi. Ceux-ci leur imaginaient déjà une carrière brillante dans une administration ou une grande entreprise de la région. Et voilà qu'on les retrouvait inertes, au petit matin, allongés sur le pavé. Les vieux du village fustigeaient le manque d'autorité des parents, les valeurs qui s'évanouissaient.

Peut-être qu'il n'y avait tout simplement rien à comprendre.

Du côté des représentants de la loi, c'était plus simple. Les gendarmes débarquaient à l'improviste dans des demeures cossues. Leur véhicule stationnait de longues heures devant ces maisons sans histoires. Ils démontaient les armoires, découpaient les matelas, éventraient les paquets de nourriture. Puis ils apprenaient la nouvelle aux parents, incrédules, scandalisés qu'on traite leurs enfants comme des délinquants. Ils leur expliquaient que les articles L. 626 et L. 627 de la loi de 1970 les exposaient à des peines de prison ferme. Revendeurs, détenteurs et consommateurs étaient mis dans le même sac. Ils risquaient, sans distinction, d'être condamnés jusqu'à dix ans d'emprisonnement. La loi prévoyait aussi la possibilité pour les toxicomanes de suivre un protocole de soins. Dans les faits, la justice ne s'embarrassait pas de ces dispositions considérées comme superflues. Les intéressés étaient purement et simplement renvoyés à leur statut de délinquant. C'est cette image de hors-la-loi qui pétrifiait les parents.

Dans un village où tout le monde se connaissait, la réputation de la famille était un élément d'importance. Devant les gendarmes, elle ne pesait plus grand-chose. Dans le bureau d'un juge d'instruction à Nice, les parents n'avaient plus aucune relation à solliciter pour passer l'éponge, intercéder en leur faveur. En dehors de la vallée, les choses leur échappaient définitivement.

Ils s'essayaient alors au dialogue. Les enfants promettaient. On ne les y reprendrait plus. On ne les verrait plus traîner avec ceux qu'ils accusaient de les avoir initiés à l'usage de ces substances. Les bases du mal étaient posées. Les enfants mentaient. Les parents les croyaient. Ils niaient l'évidence, se souciaient bien plus du qu'en-dira-t-on que des conséquences sur les corps et les esprits. Leur stratégie était simple : tenir bon et attendre que ça passe. Les plus concernés descendaient de force leurs enfants sur la côte pour leur payer des cures de désintoxication. Et puis, une fois sevrés, de retour au village, ceux-ci refréquentaient les mêmes personnes, la rechute était assurée.

On était en pleine phase de sidération, incapable de comprendre, encore moins de réagir. Les parents étaient perdus. Certains ignoraient jusqu'à l'existence du cannabis. Les plus lucides se posaient des questions auxquelles ils n'avaient pas de réponse. Qui avait commencé ? D'où est-ce que cela venait ? Qui avait bien pu vendre ça à leur fille ? Qui avait montré à leur fils comment on fait ? Pourquoi leurs enfants avaient-ils accepté ? Où trouvaient-ils tout cet argent ?

Les gendarmes avaient constaté une augmentation des vols dans la vallée. Des villas sur les hauteurs, l'épicerie, la pharmacie avaient été tour à tour cambriolées. Les automobilistes retrouvaient au matin leur véhicule sans autoradio. Au café, on incriminait volontiers des jeunes des quartiers populaires de Nice. On racontait avoir vu des Arabes circuler dans le coin. Des interpellations en flagrant délit avaient vite balayé ces accusations. Il s'agissait de jeunes toxicomanes du coin, des enfants du village.

Face aux familles effondrées, les gendarmes se hasardaient quelquefois à des explications. Après avoir ravagé les villes américaines depuis Marseille, l'héroïne s'était répandue dans la région depuis Paris et les Pays-Bas, parfois l'Italie. C'était difficile de savoir exactement. Elle circulait de ville en village, de soirée étudiante en fête d'appartement. Elle montait jusque dans les vallées de l'arrière-pays, au fil des allers-retours hebdomadaires des enfants des villages qui étudiaient à Nice. La seringue avait supplanté le joint et recrutait de plus en plus d'adeptes, ravis d'accéder à des expériences nouvelles. Ces jeunes, perclus d'ennui, fascinés par tout ce qui venait de la ville, étaient des clients de choix pour les dealers, devenus eux-mêmes revendeurs pour payer leur propre consommation. L'excitation était d'autant plus forte que la transgression était grande.

Les parents tournaient en rond dans le secret de leurs tourments. À en devenir fous. Pendant des décennies, ils s'étaient tués à la tâche pour gagner un peu de confort et de considération. Le plus dur était fait. Il ne restait à leur descendance qu'à reprendre un patrimoine, une activité qu'on avait construite pour eux, sur mesure. Et voilà que leurs enfants balançaient tout ça jusque dans le caniveau des ruelles les plus sordides du village.

SCIENCE

Le soir du 3 janvier 1983, le prélèvement effectué sur le patient de Willy Rozenbaum arrive à l'Institut Pasteur. Luc Montagnier se met tout de suite au travail, il découpe le prélèvement de ganglion en plusieurs morceaux et les met en culture. Il distribue ensuite ces cultures à ses collaborateurs et attend leurs observations. Un second prélèvement suivra, quelques jours plus tard, issu d'un autre patient : LAI.

Jean-Claude Chermann convoque son équipe dans son bureau. On a l'habitude de travailler sur des virus dangereux à Pasteur, mais personne n'a la moindre idée du danger réel de ce « truc ». Le virologue demande son accord à chacun avant de commencer les expérimentations, il ne veut forcer la main à personne. La réponse est unanime : « Si vous le faites, on le fera avec vous. »

Un long travail débute. Après trois semaines d'observations, Françoise Barré-Sinoussi, l'ancienne étudiante de

Chermann, repère une activité de transcriptase inverse. Il s'agit d'une enzyme utilisée par les rétrovirus pour envahir leur hôte. La jeune femme se rend compte que les choses évoluent très vite dans ses tubes à essai. Non seulement la présence de la rétrotranscriptase se confirme, mais elle constate une mort si rapide des cellules qu'on ne pourra bientôt plus rien observer dans les cultures.

Une réunion d'urgence dans le bureau de Jean-Claude Chermann entérine la décision d'alimenter ces échantillons en globules blancs afin de maintenir leur activité. Pour cela, on aura recours aux poches de sang du centre de transfusion de l'Institut Pasteur. À défaut de réussir à cerner l'origine du mal, on va le nourrir pour se laisser le temps de l'identifier.

Face à la mort brutale des cellules, l'équipe de Pasteur pense que l'hypothèse de leurs confrères américains n'est peut-être pas la bonne. De l'autre côté de l'Atlantique, on défend l'idée que l'agent responsable de la maladie est sans doute un rétrovirus de type HTLV. Si c'était le cas, les cellules observées auraient tendance à se multiplier. Mais celles des cultures de Pasteur meurent en masse.

Quelques jours plus tard, Françoise Barré-Sinoussi détecte de nouveau l'enzyme typique des rétrovirus dans ses cultures, en quantité bien supérieure cette fois. Elle en informe son directeur. Jean-Claude Chermann prévient à son tour Luc Montagnier, qui transmet les échantillons à Charles Dauguet. Le microscopiste électronicien de l'Institut tente de localiser un rétrovirus. Il a été alerté lui aussi du danger de la tâche, mais il a l'habitude de ce genre d'observation. Avec son matériel de pointe, il passe au crible la moindre particule des fragments qui lui ont été fournis. Conscient de toucher peut-être au but, Luc Montagnier vient le voir tous les soirs pour savoir s'il a repéré quelque chose de tangible. Le 3 février, après une interminable semaine d'attente, son téléphone sonne enfin. Le microscopiste sera bref : « Ça y est, je le vois. »

Toute l'équipe déboule dans son bureau. Chacun regarde à son tour dans l'appareil pour observer une particule de virus en bourgeonnement à la morphologie propre. Elle ne ressemble à aucune de celles qu'on connaissait jusqu'alors.

Il ne s'agit pas du virus HTLV, comme le suppose l'équipe américaine du professeur Robert Gallo. Le virus identifié à Pasteur est différent. Sa tendance à détruire les cellules avec lesquelles il est en présence est confirmée. Un échantillon du virus français, isolé à partir du prélèvement de ganglion du patient LAI, à un stade plus avancé de la maladie que BRU, est envoyé aux équipes américaines pour qu'elles puissent l'observer à leur tour.

Le 20 mai 1983, un article est publié dans la prestigieuse revue américaine *Science*. Il fait état de la découverte par une équipe de chercheurs français d'un nouveau virus mortel, probablement responsable du syndrome d'immunodéficience acquise. Luc Montagnier a prudemment pris soin de le baptiser LAV, acronyme de *Lymphadenopathy Associated Virus* (virus associé à la lymphadénopathie). Il convient de se distinguer de l'hypothèse américaine, sans crier victoire trop vite. Le lien de causalité entre cette découverte et le développement de la maladie reste entièrement à établir.

SUPER-8

C'est une fin de matinée de printemps à la campagne. On voit des gens endimanchés à la démarche saccadée par le débit de la bobine. Ils prennent l'apéritif devant une petite maison. Nul doute qu'on a entendu des éclats de rire, le bruit des graviers, des chants d'oiseaux et du vent dans les feuilles. Mais la caméra de mon père ne pouvait pas capter les sons. Alors tout le monde s'est tu. On n'entend plus que le bruit du projecteur qui a transformé tous ces gens en fantômes.

On s'échange deux bébés identiques pour poser avec eux devant l'objectif. Des enfants se courent après, au milieu des adultes qui trinquent et des chiens qui chapardent des biscuits apéritif. Les familles de mon père et de ma mère sont exceptionnellement réunies sur une pellicule emballée dans du papier Kodak jaune sur lequel on a inscrit à la main « Baptême jumeaux ».

Après une minute et trente-deux secondes, dans un coin de l'image, on aperçoit un couple en retrait, un peu à côté de ses pompes. Leur maigreur, leurs visages décharnés et leurs dents déchaussées leur donnent une allure de squelettes. Ils se ressemblent tellement qu'on les croirait frère et sœur. Désiré et Brigitte, sa femme, sont déjà dans l'héroïne jusqu'au cou. Ça crève la pellicule mais il n'y avait plus que ma grand-mère pour ne pas voir ce que tout le monde savait depuis longtemps.

Ils s'étaient rencontrés, quelques années plus tôt. C'était quelques mois après le départ de Maya, dans une soirée à Nice. Brigitte était l'enfant unique d'un représentant en vins qui vivait sur les routes. Sa femme et sa fille avaient passé la plus grande partie de leur vie à l'attendre. Délaissée par son mari, sa mère avait fini par demander le divorce et s'était installée avec sa fille chez une de ses sœurs qui habitait dans un petit appartement au nord de la ville. Accaparée par son travail de secrétaire et sa vie personnelle en lambeaux, elle avait laissé Brigitte, tout juste adolescente, accéder à beaucoup de liberté, d'autant que dans la bande d'amis avec laquelle sa fille traînait se trouvait un cousin en qui elle avait toute confiance. C'étaient des gosses des classes populaires des quartiers en creux de la ville, à des années-lumière des cartes postales de la Côte d'Azur. On les croisait avec des blousons noirs et des motos dans les quartiers de la Madeleine, de Pasteur et de Las Planas. Loin des palmiers, du faste du bord de mer et des villas des collines, ils usaient leurs jeans dans des squares déserts, des terrains vagues transformés en parkings de supermarchés, à l'ombre des échangeurs d'autoroutes. Des garçons et quelques filles qui vivaient de petits boulots, du chômage et de magouilles. Ayant passé son enfance seule, à attendre un père qui n'était jamais rentré, Brigitte s'était accrochée à eux comme on s'agrippe au conducteur d'une moto, en priant pour qu'il nous emmène loin.

Après leur première rencontre, Désiré l'avait souvent retrouvée dans des soirées sur les collines, ou au fond des mêmes bars, l'après-midi. Au bout de quelques mois, Brigitte était venue s'installer au village. Elle avait aussitôt trouvé un poste d'aide-soignante à la maison de retraite. Alors qu'il n'y avait plus guère de travail dans la vallée, ce boulot était si pénible et les défections si fréquentes qu'on pouvait être embauché du jour au lendemain sans aucune qualification. Pour les distinguer des secrétaires et des infirmiers, on appelait cette catégorie d'employés les « lave-culs ».

Sur la trentaine de bobines que compte la collection de mon père, Désiré et Brigitte n'apparaissent qu'une autre fois. Un super-8 sur la pochette duquel l'inscription a été effacée par le temps. Depuis la roseraie du monastère, sur la colline de Cimiez, on surplombe la ville de Nice. Le ciel est gris et bas. J'y reconnais la famille de mon père, heureuse. Jean-Philippe, le plus jeune de mes oncles, sourit comme si on venait de dire une bonne blague. Des voitures démodées sont garées à l'entrée du jardin. Brigitte descend de l'une d'elles, dans une petite robe de mariée blanche. Désiré, près de ma grand-mère, l'attend au bout du jardin, en costume bordeaux et nœud papillon. Ils ne sont pas maigres ni à côté de leurs pompes. Ils n'ont pas perdu leurs dents. Ils ne disparaissent pas dans un coin de l'image. Ils sont encore bien intégrés parmi les vivants. Ils ont l'air heureux, un bonheur timide mais un bonheur quand même.

Quand l'image disparaît brusquement du mur de ma chambre, je comprends qu'ils auraient pu avoir une vie en dehors de la drogue. Une vie où ils auraient été heureux. Une vie où j'aurais pu les connaître. Une vie simple qui n'aurait sans doute pas mérité d'être racontée, mais une vie tout entière. C'est à ce jour-là qu'il faudrait pouvoir remonter pour tenter de tout recommencer autrement. Désormais, il n'y a plus qu'en regardant les super-8 de mon père dans le désordre qu'on peut ramener ces gens à la vie.

KINSHASA

En 1983, malgré les progrès considérables accomplis dans les laboratoires de Paris à Washington, l'opinion publique croit encore que le sida ne concerne que trois catégories dites « à risque » : les homosexuels, les héroïnomanes et les hémophiles. Le *MMWR* avait pourtant recensé des cas de femmes hétérosexuelles vraisemblablement atteintes du sida, dès le 12 mai 1982. Un quatrième groupe présente, de manière inexpliquée, une forte proportion de malades : les Haïtiens.

L'intérêt des chercheurs ainsi que le rejet de la société vont longtemps se concentrer sur ces « quatre H ». La suspicion qui pèse sur eux est forte. Cette situation est insupportable pour des médecins engagés comme Willy Rozenbaum. Avec l'énergie qui l'anime depuis plus de deux ans, il continue à communiquer et à faire progresser l'état des connaissances sur le sida. C'est une condition essentielle pour lutter contre les préjugés qui façonnent l'opinion.

À Pasteur, le travail pour établir le lien entre le LAV et le sida se poursuit. Afin de prouver que le virus ne concerne pas que les populations des « quatre H », il faut le débusquer chez des personnes appartenant à d'autres catégories de population. À la mi-septembre 1983, Rozenbaum présente le cas d'une patiente en fin de vie au professeur Montagnier. Cette jeune femme montre tous les signes avancés de l'infection. Elle ne correspond pourtant à aucune des catégories chez lesquelles on a désormais l'habitude de les repérer : elle est zaïroise et hétérosexuelle. Elle n'a jamais consommé d'héroïne et n'a jamais été transfusée. Pourtant, elle est en train de mourir du sida, Rozenbaum en est convaincu. Depuis deux ans, il a suivi suffisamment de malades pour être en mesure d'identifier les symptômes typiques de la maladie.

Avec l'accord de la patiente, il lui prélève du sang, qu'il envoie à l'Institut Pasteur. Luc Montagnier met ces cellules en culture avant d'en distribuer des échantillons au laboratoire de Jean-Claude Chermann et de Françoise Barré-Sinoussi. Leur équipe traque le virus découvert quelques mois plus tôt dans leurs tubes. Leur méthode de travail est de plus en plus rodée. Les résultats ne se font pas attendre. Avant la fin septembre, le téléphone de Rozenbaum sonne à la Pitié-Salpêtrière : Montagnier est formel, cette jeune femme est bien atteinte du virus du sida.

Les deux hommes ne sont pas surpris, mais la nouvelle s'avère capitale à deux titres. D'abord, parce qu'on a désormais une preuve tangible que le virus se transmet au sein de couples hétérosexuels. Ensuite, parce que cette patiente vient d'arriver de Kinshasa. Comme de nombreux malades recensés à travers le monde, elle a séjourné en Afrique. La maladie peut s'attaquer à n'importe qui, mais surtout, elle semble très présente dans d'immenses foyers dont l'identification se précise : les grandes villes africaines.

Willy Rozenbaum n'aura jamais l'occasion d'annoncer les résultats à sa jeune patiente, décédée deux jours après son prélèvement de sang.

Pour les chercheurs, une menace se dessine un peu plus, celle d'une pandémie.

LE CAFÉ

C'était un dimanche. Ce ne pouvait être qu'un dimanche. Aucun autre jour de la semaine n'aurait permis cela. Mes parents avaient invité ceux de mon père pour le café, à la maison. Ils voulaient être tranquilles avec eux, loin des obligations du magasin.

Depuis toujours, mon père se conformait au modèle familial. Il avait quitté l'école avant l'âge légal pour se consacrer à la boucherie qui portait son nom. Malgré les sollicitations de la concurrence, qui connaissait son sérieux, ses compétences et son ardeur au travail, il y travaillait toujours, fidèle. Un jour, un supermarché s'était implanté à la périphérie du village. Il s'était porté candidat pour tenir le rayon boucherie. Il avait passé les entretiens, patiemment suivi la formation. Et il les avait plantés, le matin de l'ouverture. Comme il l'avait prévu. Il était retourné travailler avec ses parents. Les autres commerçants du village hurlaient qu'on les assassinait, qu'on volait leur clientèle. Mais lui ne s'était pas laissé faire, il s'était défendu. Il avait lâché le supermarché avec une chambre froide pleine de viande sans boucher. Il aurait fait n'importe quoi pour la boucherie de ses parents.

Et voilà que pour la première fois, en une unique phrase, il allait ouvrir une brèche dans leur monde. Ce qu'ils avaient bâti depuis des décennies, une activité prospère, une famille travailleuse, des enfants bien éduqués... tout cela allait brutalement être détruit en quelques mots. Et c'était à lui de les prononcer. Comme si les choses avaient été écrites ainsi. Une phrase courte et simple, mais la plus difficile qu'il ait jamais eu à dire. Ma mère a sûrement proposé de prendre la parole à sa place. Il a refusé. Il voulait rester digne, assumer jusqu'au bout.

Ses parents ont pris place sur le canapé. Ma mère a servi le café sur la table basse. Après quelques considérations sur la couleur du ciel, le travail et les motifs de la tapisserie, mon père s'est jeté à l'eau, pas tant par courage que parce qu'il n'avait rien d'autre à dire qui puisse retarder ce moment. La veille au soir, il avait encore constaté que de l'argent manquait dans la caisse. Il avait recompté plusieurs fois, contrôlé tous les tickets, le compte n'y était pas. Il savait désormais pourquoi cet argent disparaissait. C'est de cela qu'il voulait leur parler. Il a repris une grande inspiration avant de poursuivre. C'était Désiré.

C'était lui qui fauchait dans la caisse pendant la fermeture du début d'après-midi.

Ma grand-mère n'en revenait pas. « Désiré ? Désiré, qui viendrait au magasin entre midi et deux pour voler ses parents ? Mais tu racontes n'importe quoi, mon pauvre ! À lui, comme à vous, ton père et moi, à chaque fois que vous avez eu besoin de quelque chose, on vous l'a toujours donné ! » Ma grand-mère ne pouvait croire une chose pareille. Pourquoi son fils aîné, qui avait si bien réussi et obtenu un diplôme qui lui permettait d'avoir un bon travail, aurait-il besoin de tant d'argent ? Cela n'avait aucun sens.

Mon père a poursuivi, comme un barrage qui cède. Parce que Désiré se droguait. Parce qu'il se piquait avec la plupart de ses amis. Parce que l'héroïne était hors de prix, qu'il lui en fallait de plus en plus souvent et qu'on la lui revendait certainement plus cher maintenant qu'il était dépendant. Ma mère a ajouté que Brigitte lui avait également volé des bijoux de peu de valeur, hérités de sa grand-mère, un soir où ils étaient venus dîner.

Mon grand-père est resté triste et silencieux, tandis que ma grand-mère entrait dans une de ces furies grotesques dont elle avait le secret. On pouvait l'entendre d'un bout à l'autre du village. « Elle nous a traités de menteurs, tellement elle voulait pas y croire que son fils, il se piquait », m'a raconté, un jour, ma mère. Des jaloux. Mon père et ma mère ne pouvaient être que jaloux de

Désiré et de Brigitte. Jaloux de sa réussite, jaloux de son travail, jaloux de sa voiture, jaloux de sa situation. Ma grand-mère a ordonné à mon grand-père de se lever et ils sont repartis chez eux. Louise n'a pas décoléré de tout le chemin.

Aujourd'hui, je comprends que ces billets fauchés dans la caisse du magasin, c'était bien plus que de l'argent. C'étaient des années d'apprentissage, de travail, des milliers de nuits trop courtes, de réveils avant l'aube, de vacances repoussées. Cet argent, c'était aussi celui de mon père. Désiré volait non seulement son père et sa mère, mais aussi son frère. En le dénonçant, le cadet, l'enfant toujours en lui, attendait d'être soutenu par ses parents. Il attendait un signe de leur part. La preuve qu'il ne travaillait pas pour rien, n'importe quoi qui aurait reconnu la personne qu'il était. Cet argent, c'était sa dévotion, l'amour qu'un fils portait à son père et à sa mère. Ce fils qui aurait pu leur faire faux bond en acceptant de travailler pour un concurrent, celui qui leur était demeuré fidèle. Et voilà qu'ils le déconsidéraient devant sa propre femme pour préserver l'image qu'ils se faisaient encore de leur aîné.

Mes parents n'étaient pas spécialement déçus. Ils n'avaient pas espéré davantage de cette entrevue. Mon père avait fait ce qu'il estimait être son devoir de fils et de frère. Le déni de mes grands-parents se heurterait un jour à la réalité. Le décor de carton-pâte qu'ils avaient érigé ne tiendrait pas longtemps face aux rumeurs du village. Cette réputation si durement acquise sombrerait avec les premières perquisitions des gendarmes. Leur silence se briserait bientôt contre la sirène hurlante des pompiers venus sauver Désiré de sa première overdose.

ROBERT GALLO

En dépit des observations réalisées par les chercheurs de l'Institut Pasteur, le professeur américain Robert Gallo refuse d'envisager que le virus responsable du sida soit véritablement différent du HTLV, le premier rétrovirus humain qu'il a lui-même découvert en 1981. Son prestige international repose essentiellement sur ce travail.

Contrairement aux membres de la petite équipe pluridisciplinaire de l'Institut français, Gallo est une star dans son domaine. Il travaille au sein d'une structure autrement plus puissante que celle de ses homologues parisiens, le National Institute of Health, situé dans la banlieue nord de Washington. Dans son bureau, au dernier étage du bâtiment numéro 37, il reste persuadé que les chercheurs de Pasteur ont accidentellement contaminé ses échantillons lors de mauvaises manipulations. La découverte d'un nouveau virus à Paris l'a pris de court. Il compte bien rectifier le tir.

En collaboration plus ou moins régulière avec les Français, il reçoit des échantillons de cellules malades de la part de Jacques Leibowitch, en poste à l'hôpital de Garches. Elles proviennent d'un patient contaminé par une transfusion sanguine à la suite d'un accident de moto en Haïti. Robert Gallo se met au travail à partir de ces cellules. Il y cherche son virus et finit par le trouver. Il est formel, c'est bien le HTLV qui est à l'origine du sida. Il présente alors, triomphant, ses résultats, de séminaire en publication. Plusieurs revues dont *Science* lui ouvrent leurs colonnes, où il annonce avoir isolé le rétrovirus HTLV dans le sang des malades, remettant en cause la découverte française.

Ce que Robert Gallo ignore encore, c'est que le patient transfusé sur lequel il fonde toutes ses affirmations a été doublement infecté : par son HTLV certes, très présent en Haïti, mais aussi par le virus du sida. Ce triste hasard enferre le scientifique dans une ornière et, avec lui, une grande partie de la communauté internationale, plus confiante dans les travaux d'un grand chercheur américain que dans ceux d'un petit groupe de Français inconnus.

DANS LE SECRET

Une fois le choc de la nouvelle encaissé, sans rien concéder pour autant à mon père, ma grand-mère s'était résolue à consulter le vieux médecin du village. Dans une communauté où tout le monde se connaissait, la démarche était particulièrement pénible. Son cabinet se trouvait au rez-de-chaussée d'un vieil immeuble, dans une rue étroite et sombre qui empestait l'urine de chat. Au bout d'un couloir mal éclairé par des appliques murales jaunes, on attendait patiemment son tour dans une salle d'attente exiguë, au milieu des soupirs et des chuchotements. Une fois qu'on avait parcouru les magazines abandonnés sur la table basse, les regards se perdaient dans deux images fixées au mur : une affiche de prévention contre le tabagisme et la reproduction d'une peinture du Moyen Âge. Elle représentait une jeune femme dénudée, enveloppée d'un drap ne cachant que son sexe et sa poitrine, et entourée de deux médecins habillés de noir et de chapeaux pointus, tenant chacun une énorme seringue, si grande que, toute mon enfance, je me suis demandé s'il fallait prendre ce tableau au sérieux.

Dans le secret de sa consultation, sous un crucifix en bois, le généraliste a parlé comme dans un mauvais rapport parlementaire. Il a accusé des intellectuels, des journaux, des livres et des disques qui se montraient trop complaisants avec les drogues dont ils vantaient l'expérience auprès des jeunes. Leurs discours faisaient encore plus de dégâts chez ceux des campagnes qui n'avaient souvent pas assez confiance en eux pour leur résister. Le vieil homme a dénoncé les fréquentations en ville, une société qui ne fixait plus de cadre, la liberté trop vaste dans laquelle grandissaient les enfants et qui les exposait, selon lui, à de profondes angoisses, les amenant à s'en prendre à eux-mêmes.

Il a ensuite expliqué à Louise que l'héroïne s'était répandue parmi les jeunes de la côte, puis peu à peu parmi ceux de la vallée. Les services de toxicologie des hôpitaux niçois étaient débordés. Alors, on envoyait la plupart des drogués à Sainte-Marie, l'hôpital psychiatrique. C'était le seul endroit où on pouvait contenir les crises de manque, à grand renfort de camisoles et de calmants. Mais les cures de désintoxication ne suffisaient pas. Des initiatives avaient été tentées dans la région pour remédier au problème. Un juge d'instruction niçois, Michel Zavaro, fatigué de retrouver chaque lundi matin les mêmes toxicomanes dans son bureau pour des histoires de vols de sacs à main et d'autoradios, avait créé un centre spécialisé dans un village de la basse vallée, où un cadre de vie régulier, des activités étaient proposés à des toxicomanes sortant de cure. Malgré quelques cas de réussite, les fugues et la rechute de la plupart des résidents avaient fini par épuiser le personnel du centre. Le projet avait été abandonné au bout de quatre ou cinq ans. L'emprise de l'héroïne était trop forte.

En raccompagnant ma grand-mère à la porte de son cabinet, le médecin lui a raconté que durant la guerre d'Indochine, il avait pu observer les ravages causés par l'opium. Les opiacés étaient de loin les produits les plus addictifs qu'il ait jamais vus. Ce serait long, coûteux et difficile. Il fallait tenir bon, garder mon oncle à l'abri des mauvaises fréquentations. Louise lui a demandé d'inscrire son fils sur une liste d'attente pour une cure de désintoxication. Encore fallait-il que Désiré accepte.

CROISADE

Peu importe finalement que les Français aient pris une avance décisive dans les recherches sur le nouveau virus tant que leur travail n'a pas été reconnu par la communauté scientifique internationale. Luc Montagnier, Françoise Barré-Sinoussi, Jean-Claude Chermann et Françoise Brun-Vézinet enchaînent alors les congrès à travers le monde pour présenter leurs résultats et prouver que c'est bien le LAV, le virus qu'ils ont isolé à Pasteur, qui est l'agent responsable du sida. Mais ces quatre-là sont autrement plus habiles à manipuler leur matériel de laboratoire qu'à convaincre les foules. D'autant que la réputation et l'éloquence de Robert Gallo, qui persiste à défendre l'hypothèse du HTLV, leur font cruellement défaut.

En juillet 1983, Robert Gallo reçoit Luc Montagnier aux États-Unis. Dans une petite glacière, le Français lui apporte un tube contenant le virus français, pour qu'il l'étudie à son tour. Plein de charme, l'Américain accueille lui-même son confrère à l'aéroport et le conduit chez lui. Montagnier est chaleureusement reçu. C'est dimanche et on n'envisage pas de commencer à travailler sur l'échantillon parisien avant le lendemain. Le virus est alors placé dans le congélateur de Gallo, au grand désarroi de son épouse.

Plusieurs mois passent, les rencontres et les échanges de données se poursuivent, mais rien n'y fait. Gallo et son équipe considèrent que le LAV n'est qu'un cousin du HTLV. Ils le martèlent de séminaire en article et d'article en congrès. Ils refusent de reconnaître le LAV comme l'agent pathogène du sida et imposent leurs vues à l'ensemble de la communauté scientifique. Du côté français, on prend son mal en patience. On le sait, il va falloir travailler, progresser et accumuler des preuves pour convaincre.

À Paris, à l'initiative de Willy Rozenbaum, Luc Montagnier rencontre David Klatzmann et Jean-Claude Gluckman. L'un est immunologiste, l'autre épidémiologiste, ils avaient aidé Rozenbaum sur le cas du steward venu en consultation à Claude-Bernard, un matin de juin 1981. Ensemble, ils avaient tenté de comprendre d'où venait le déficit immunitaire du jeune homme. Puis les deux chercheurs avaient participé aux premières réunions du groupe de travail sur le sida initié par Rozenbaum.

L'objectif est à présent d'établir formellement la responsabilité du LAV dans la maladie. Il faut comprendre comment le rétrovirus s'attaque au système immunitaire. Une fois qu'on aura lié le LAV au sida, il n'y aura plus aucun doute possible. Jean-Claude Gluckman et David Klatzmann vont donc rejoindre l'équipe de l'Institut Pasteur pour s'atteler à cette mission.

De l'autre côté de l'Atlantique, Robert Gallo continue de se comporter en beau joueur. Pour les convaincre de sa bonne foi, il invite régulièrement ses confrères parisiens à venir présenter à ses côtés leurs travaux dans des congrès.

Le 14 septembre 1983, Luc Montagnier est ainsi appelé à s'exprimer au prestigieux congrès de Cold Spring Harbor, à quelques dizaines de kilomètres de New York. Le pasteurien expose ses résultats lors d'une présentation d'une vingtaine de minutes. L'idée que le virus découvert par les Français n'était probablement que le fait d'une maladroite contamination de laboratoire s'est imposée parmi les chercheurs américains. Sans surprise, son discours ne suscite donc auprès de son auditoire qu'une indifférence dubitative. Dans un anglais approximatif, avec des visuels peu adaptés et les effets d'un décalage horaire peu favorable, Luc Montagnier peine à faire exister la découverte française aux côtés d'une erreur américaine à qui on déroule le tapis rouge.

Le jour même du congrès pourtant, l'Institut Pasteur dépose un brevet pour protéger et homologuer son premier test de dépistage, résultat de recherches menées en parallèle sur des anticorps de patients contaminés. La bataille franco-américaine des brevets, qui trouve sa source dans un mélange ambigu de coopération et de compétition, ne fait que commencer.

À LA DROITE DU PÈRE

La colère de ma grand-mère est peu à peu retombée. Mon grand-père avait même trouvé son fils endormi dans la rue, une seringue plantée dans le bras. Difficile de nier davantage l'évidence. Le choc a été si violent pour mes grands-parents qu'ils sont demeurés longtemps incapables d'en parler. À défaut, on savait. Alors, tout en évitant le sujet, comme si l'altercation au sujet de Désiré avec mes parents n'avait jamais eu lieu, et parce que le travail au magasin l'imposait, ils ont vite repris leurs relations avec mes parents.

Il a fallu à Louise des semaines, peut-être des mois, pour admettre la situation. Après en avoir discuté avec le médecin du village, j'imagine qu'elle a fini par y parvenir, du moins dans l'intimité de sa conscience. Mais, sur le terrain des apparences, elle ne pourrait jamais rien concéder. Ma grand-mère avait fui la guerre et l'Italie avec sa famille alors qu'elle n'avait que douze ans. Elle avait passé sa vie entière à se soustraire au mépris d'une société qui l'avait longtemps considérée comme une étrangère. Elle s'était acharnée à faire oublier ses origines italiennes dans une belle-famille qui ne voulait pas d'une telle union. Elle en avait presque perdu sa langue maternelle. Elle ne pouvait pas tout laisser sombrer. Après tant d'efforts, tant d'années, il lui était impossible d'affronter la toxicomanie de son fils. La fierté de la famille, Désiré. Le seul de ses enfants qui avait fait des études à Nice, qui avait obtenu une si bonne place chez le notaire.

Au hasard des indiscrétions de certains clients du magasin, elle entendait parler d'autres jeunes du coin concernés par la même drogue. On retrouvait régulièrement le fils d'un entrepreneur, ou la fille d'un élu du conseil municipal, endormi en pleine rue ou dans l'ombre d'un appartement. Les pompiers volontaires de la petite caserne du village étaient de plus en plus souvent sollicités pour secourir ces gosses qu'ils connaissaient bien. Il fallait les descendre en urgence à Nice, laissant ainsi le village dépourvu de secours pendant de longues heures.

Ma grand-mère était démunie. Ses colères inutiles. Dans le secret de leurs discussions, elle demandait à son fils d'arrêter la drogue. Désiré promettait dix fois, cent fois et plus encore. Cela suffisait. Elle voulait y croire. Les bras que son fils lui présentait ne pouvaient pas mentir. Les plaies cicatrisaient. Tout cela n'était déjà plus qu'un mauvais souvenir.

Un dimanche matin pourtant, dans une boutique pleine de monde, le téléphone a sonné. C'était la mère d'un ami de Désiré. Elle pleurait, elle répétait ce que son fils venait de lui avouer. Malgré ses promesses, il se droguait toujours, et Désiré avec lui. Ils s'injectaient à présent l'héroïne entre les orteils ou quelque part dans les jambes.

Acculée dans ses retranchements, la colère de ma grand-mère a une nouvelle fois pris le dessus. Les accusations formulées par cette dame l'avaient ramenée trente ans plus tôt, elle était redevenue la jeune immigrée qu'on regardait mal, celle qui devait baisser les yeux devant les notables, celle qui avait honte. À chaque fois qu'elle éprouvait la moindre sensation lui rappelant sa jeunesse, Louise basculait. Ses hurlements se sont fait entendre bien au-delà du magasin. Son aîné ne se droguait pas, d'ailleurs il ne s'était jamais drogué. Et si le fils de cette dame était un voyou, un mal élevé, ça ne voulait pas dire que Désiré en était un, loin de là. Mon grand-père et mon père, embarrassés, tâchaient de faire comme si de rien n'était, continuant de servir une clientèle médusée. Avant de se faire raccrocher au nez, son interlocutrice avait eu le temps d'ajouter qu'elle avait fait faire à son garçon toute une série d'analyses quelques semaines auparavant. Les résultats lui étaient parvenus ce jour-là : son fils avait contracté le virus du sida. Comme il partageait très souvent ses seringues avec ses camarades, il fallait que Désiré voie un médecin. C'était très important.

Ma grand-mère s'est aussitôt remise au travail. Elle a pris les clients à témoin : « Vous le croyez, ça ? C'est pas parce que leurs enfants, ils se droguent que c'est le cas de tout le monde ! » Une fois encore, un temps précieux était cédé au déni.

Les jours passant, Louise s'est rendue à l'évidence : Désiré n'avait pas pu arrêter la drogue aussi facilement qu'il le lui disait. Cependant, il a fallu attendre que sa colère retombe tout à fait pour que mes parents osent de nouveau aborder le sujet. Ils ont certainement dû laisser ma grand-mère engager elle-même la discussion. Elle ne pouvait en parler qu'en limitant l'implication de son fils dans ces histoires sordides. Elle y a certainement réfléchi longtemps avant de s'y résoudre enfin.

Un soir, après la fermeture du magasin, en repliant son tablier, alors que ma mère venait d'arriver et que mon père baissait le rideau, elle a soupiré : « Le sida. Qu'est-ce que ça sera encore ça ? Sûr qu'ils doivent en faire des bêtises, Désiré et Brigitte, avec leur équipe, là, mais quand même, comment il serait allé attraper ça ? »

Mes parents en avaient entendu parler au journal télévisé. On était au printemps 1983, les connaissances étaient maigres. C'était une maladie grave, mortelle même, pour l'instant en tout cas. Elle était apparue aux États-Unis et en France. Elle concernait surtout des homosexuels, parfois des héroïnomanes. Elle se transmettait par le sang. S'il partageait les mêmes seringues que son ami, alors oui, il y avait peut-être un risque pour Désiré. Il devait aller consulter des spécialistes sur la côte et convaincre Brigitte de faire la même démarche.

Ma grand-mère incarnait encore l'autorité de la famille, mais ce qui était en train de se produire la sidérait avec une telle violence qu'elle ne savait plus comment réagir. Elle traversait de longues phases de déni, suivies de brefs moments de lucidité, dont il fallait profiter pour que les choses avancent avant qu'elles ne soient de nouveau immobilisées pendant des semaines.

Incapable de fonctionner autrement, Louise ne pouvait évoquer cette situation qu'en recourant à des euphémismes incompréhensibles, des balivernes niant la réalité, cruelle, violente, implacable… Dans sa bouche, la toxicomanie devenait « des bêtises », les cures de désintoxication « du repos », le sida « une maladie » et, plus tard, son fils mort serait « une étoile montée au ciel ». Comme si un héroïnomane pouvait finir à la droite du Père.

ÉCHEC

Le 23 septembre 1983, l'équipe française de l'Institut Pasteur remet une souche du virus LAV au docteur Mikulas Popovic, le premier collaborateur de Robert Gallo. Alors que ce dernier continue d'affirmer à qui veut l'entendre que c'est un virus de type HTLV qui est responsable du sida, Popovic étudie le virus isolé à Paris par l'équipe de Montagnier.

Le 6 octobre, il se rend dans le bureau de son confrère pour lui annoncer le résultat de ses travaux. Il est formel. Le virus de l'Institut Pasteur est différent. Il n'appartient pas à la famille des HTLV. Pire encore, il semble que ce soit bien lui et non le HTLV qu'on retrouve systématiquement chez les malades. En fait, les premiers échantillons sur lesquels Robert Gallo et son équipe ont bâti leur hypothèse étaient doublement contaminés, par le HTLV et par le LAV. Popovic ne doute plus : le HTLV n'est pas l'agent pathogène du sida. Les Français ne se sont pas trompés. Ils n'ont pas pris le virus de Gallo pour un autre, mais ils ont bel et bien découvert un nouveau virus. C'est un échec cuisant pour le chercheur américain.

Entêté, Robert Gallo ne change pas de stratégie. Plutôt que d'admettre qu'il ne s'agit pas d'un virus de la famille des HTLV, il décide de nommer HTLV-3 celui qu'il a lui-même découvert dans les échantillons français. En le rebaptisant de manière à prêter à confusion, il espère ne pas perdre la main.

Le 24 avril 1984, lors d'une grande conférence de presse, Margaret Heckler, secrétaire d'État à la Santé, annonce que les équipes américaines du professeur Gallo ont identifié formellement le virus responsable du sida, c'est un rétrovirus, le HTLV-3.

Le 4 mai, *Science* publie des articles de Gallo qui présentent son HTLV-3. Ils sont accompagnés de plusieurs photographies. Parmi elles, on retrouve un des clichés du virus LAV pris sous les microscopes de l'Institut Pasteur en 1983. La confusion est totale.

De nombreux scientifiques à travers le monde reconnaissent le travail français dans les résultats que s'attribue Robert Gallo. Une longue polémique débute. Face à l'évidence, l'Américain finira par plaider une erreur de manipulation. Étant donné les enjeux économiques pesant autour des premiers tests de dépistage, beaucoup peinent à le croire. Les notes de travail de Mikulas Popovic, publiées ultérieurement, laisseront peu de place au doute sur ce point.

LA NOUVELLE PESTE

Des marques bleues sur la peau et les muqueuses, des bouches qui crachent une mousse rose de sang, et des cadavres qu'on entasse à la hâte au fond d'un service de réanimation débordé, le professeur Dellamonica n'était pas près d'oublier ça. Avant même la fin de ses études, c'était aux urgences de l'hôpital Édouard-Herriot à Lyon qu'il avait dû affronter sa première épreuve médicale. La grippe de Hong Kong, débarquée brusquement d'Asie à l'hiver 1969, avait submergé plusieurs services hospitaliers français, avant de disparaître aussi vite. Un baptême du feu qui l'avait marqué pour toujours. L'infectiologue garderait tout au long de sa carrière une grande humilité face aux virus. Au sortir de ses études, il s'était installé à Nice, où il dirigeait désormais le service des maladies infectieuses de l'hôpital L'Archet. Au moment des premières découvertes françaises et américaines autour du sida, il s'était lancé, comme ses homologues parisiens, dans une chasse aux fantômes. Il avait interrogé ses confrères et réexaminé des dossiers oubliés dans les services de pneumologie et de dermatologie. Il avait identifié plusieurs patients morts d'infections suspectes. Son intérêt pour ce syndrome, qui ne concernait que des homosexuels et des drogués, l'avait, lui aussi, confronté aux regards dédaigneux de ses collègues. Il avait pourtant continué ses recherches, convaincu de faire son devoir.

À moins d'une heure de route du village, on n'était déjà plus personne. Notre nom n'évoquait rien et celui du village tout au plus une contrée lointaine et arriérée. Pour aller à Nice, on faisait toujours des efforts vestimentaires. On ne s'y rendait jamais sans avoir repassé ses vêtements avec soin, sans avoir choisi des chaussures vernies et soigné sa coiffure. Des efforts vains. Notre démarche, nos manières, notre vocabulaire et nos expressions, tout finissait par nous trahir. Quand mes grands-parents ont accompagné leur fils aîné à l'hôpital, je ne peux pas imaginer qu'il en ait été autrement : des ploucs endimanchés qui attendent fébrilement de voir un médecin, voilà l'image qu'ils devaient renvoyer. Des ploucs qui attendent en chuchotant, sagement assis dans un couloir, devant le cabinet d'un infectiologue renommé.

Face à lui, c'est ma grand-mère qui a pris la parole lorsqu'il a demandé la raison de leur venue. Elle devait se résoudre à parler enfin. Loin du village, elle a fait céder toutes les digues qu'elle avait bâties autour de leur existence pour les protéger de cette réalité qui la terrifiait. Les mots « drogue », « héroïne », « seringue » n'ont suscité chez son interlocuteur aucune réaction désapprobatrice. Pas même un froncement de sourcils. Dans ses yeux bleus qui examinaient son histoire sans jugement, Louise a abandonné le rôle qu'elle était habituée à jouer. Pendant la minute interminable qu'a duré son récit, le regard de mon grand-père se perdait à travers la fenêtre, entre la mer et les collines. Quand elle a eu terminé, Dellamonica s'est tourné vers Désiré pour lui demander de confirmer le portrait que sa mère venait de dresser de lui. Mon oncle a acquiescé de la tête. Louise a tendu alors une lettre du médecin de famille adressée à son confrère. Elle confirmait tout ce qui venait d'être avoué dans ce cabinet. L'infectiologue l'a balayée des yeux avant d'exposer rapidement ce que l'on savait de la maladie.

Si l'un de ses amis avait été contaminé par le virus du sida et qu'ils avaient échangé des seringues, alors oui, il était possible que Désiré soit lui-même infecté. Pour l'heure, il était encore difficile de savoir quelle proportion de sujets infectés développerait la maladie. On pouvait encore espérer que certains d'entre eux resteraient des « porteurs sains ». L'infectiologue a invité mon oncle à le suivre dans une alcôve au fond de son cabinet. Après avoir écouté sa respiration, inspecté les parois de sa bouche, examiné sa peau, il a palpé son corps à la recherche de ganglions. Silencieux, il prenait des notes au fur et à mesure de l'examen. Pour finir, il a établi une ordonnance de prise de sang pour Désiré et leur a donné rendez-vous le mois suivant. Puis il a salué respectueusement mon grand-père et ma grand-mère, épuisée par ses confessions.

Pierre Dellamonica n'était pas soutenu au sein de son propre hôpital. Le chef du service de virologie avait refusé d'analyser les prélèvements sanguins de ses premiers patients susceptibles d'être infectés. Il arguait fièrement ne pas travailler « pour les pédés et les drogués ». L'infectiologue avait dû faire plusieurs voyages à Paris afin de confier ses tubes à Françoise Brun-Vézinet à l'hôpital Claude-Bernard. Elle procédait aux analyses dans son laboratoire et rappelait Dellamonica pour lui transmettre les résultats dans les semaines suivantes.

Quelques étages plus bas, la salle d'attente du service des prélèvements était déserte. Pendant que mes grands-parents s'impatientaient à voix basse, Désiré avait remarqué que, derrière la vitre du guichet, les infirmières se passaient son ordonnance de l'une à l'autre, jusqu'à ce qu'elles finissent par abandonner le document sur une pile et disparaître. Ce n'est qu'une bonne heure plus tard qu'une nouvelle infirmière est apparue. Elle semblait particulièrement jeune. Sans doute n'avait-elle pas l'aplomb de ses collègues pour refuser de faire une prise de sang.

Lorsqu'elle s'est saisie de la feuille, elle a regardé mon oncle à travers la vitre d'un air désolé. Désiré pensait qu'elle allait reposer l'ordonnance à son tour, mais elle l'a appelé. Après lui avoir demandé s'il avait attendu longtemps, faisant mine de ne pas voir toutes les cicatrices sur son bras, elle a prélevé un peu de son sang dans un tube. Elle tâchait d'être souriante, pourtant mon oncle sentait combien elle veillait à maintenir le maximum de distance entre leurs deux corps. Alors qu'il suscitait souvent la sympathie des gens qu'il rencontrait, c'était la première fois qu'un regard se posait sur lui avec autant de méfiance. Quelques minutes plus tard, il s'installait à l'arrière de la voiture de ses parents pour regagner le village.

Les résultats de ses analyses ont livré leur verdict plusieurs semaines après : Désiré était séropositif. Brigitte également, tout comme la plupart de leurs amis de la vallée, du moins ceux qui avaient bien voulu se soumettre à l'examen. Ils rejoignaient un cortège de chiffres qui dressait un constat de plus en plus alarmant. D'après les premières estimations des autorités sanitaires, la région Provence-Alpes-Côte d'Azur était l'une des plus touchées de l'Hexagone, devançant même l'Île-de-France pour les contaminations par usage de drogues. Dans l'arrière-pays niçois, rares étaient les villages complètement épargnés. L'héroïne y avait séduit la jeunesse, charriant le virus avec elle.

Ma grand-mère et mon oncle ont appris sa séropositivité par le médecin de famille. Elle leur a été confirmée lors de leur second rendez-vous avec le professeur Dellamonica. Depuis qu'il tentait de décrocher de l'héroïne, Désiré était très déprimé, il s'est contenté de soupirer. Sa mère a voulu en savoir davantage. L'infectiologue a expliqué qu'on avait identifié la présence du virus LAV dans les analyses de son fils, mais qu'on ne pouvait pas dire qu'il avait le sida à proprement parler. C'est lorsque le virus commencerait à attaquer ses défenses immunitaires qu'on parlerait de sida. À ce stade-là, son fils tomberait malade. Quand ma grand-mère lui a demandé combien de temps ce processus pouvait prendre, le médecin n'a pu que se montrer évasif. Quelques mois, quelques années, peut-être jamais. On ne pouvait pas savoir.

Ma grand-mère est retournée à son silence dès la porte de l'hôpital franchie, laissant chacun, dans la famille, face à ses interrogations. Cette maladie pouvait-elle être soignée ? Quelles étaient les conditions de la contagion ? Ma mère lisait les rares articles qu'elle trouvait. Au village, entre le *Nice-Matin* et les quelques magazines vendus par le marchand de journaux, il lui était bien difficile de se renseigner sur ce nouveau virus.

Dans son numéro du 15 juillet 1983, *Paris-Match* annonçait en couverture un reportage intitulé « La nouvelle peste ». L'article était très court. Entre des pages consacrées aux enfants de Joe Dassin et aux vacances de Sophie Marceau, la revue donnait à voir l'agonie de Kenny Ramsauer, un jeune entrepreneur américain jusqu'alors inconnu en France, qui avait voulu témoigner de sa maladie jusqu'au bout. Sur une double page, deux portraits, pris à quelques mois d'intervalle, montraient les ravages de la maladie sur les corps. Ils disaient la gloire et la chute d'un jeune homme. Beau et séduisant à gauche, défiguré et méconnaissable à droite. Son visage enflé personnifiait la tragédie qui se jouait de l'autre côté de l'Atlantique. Jim, le compagnon de Kenny, racontait l'apparition des symptômes, l'exclusion progressive, la famille et les amis qui s'éloignent, la souffrance, les brimades du milieu médical aussi. « Le poids des mots, le choc des photos », l'hebdomadaire n'y allait pas de main morte et concluait le reportage par un bref état des lieux de la situation en France : la consultation d'un jeune steward à l'hôpital Claude-Bernard deux ans auparavant, les travaux de Jacques Leibowitch à l'hôpital de Garches qui avaient permis de remonter la piste du virus.

Pour ma mère, cela a fait l'effet d'une gifle. Elle découvrait que cinquante-neuf cas étaient avérés en France, pratiquement tous des homosexuels. La question des héroïnomanes était à peine abordée. Elle a parcouru le magazine plusieurs fois, relu l'article en quête d'un espoir, du début du commencement d'un traitement thérapeutique possible, en vain. Aucune piste n'était évoquée.

Elle a expiré la fumée de sa cigarette par la fenêtre de la cuisine. Pour se changer les idées, elle s'est ensuite plongée dans les pages people du magazine.

De son côté, ma grand-mère se raccrochait aux rendez-vous qu'elle obtenait pour son fils auprès des médecins de l'hôpital L'Archet. Ces derniers, d'ordinaire si savants, se faisaient taiseux. Ils observaient, davantage qu'ils ne soignaient. Ils communiquaient par des silences ou des soupirs. Arrêter la drogue définitivement, c'était leur unique recommandation. Ils admettaient l'insuffisance de leurs connaissances sur cette maladie et attendaient de nouvelles informations de Paris ou des États-Unis. Ils étaient incapables d'aller au-delà d'un diagnostic qui résonnait comme une condamnation à mort, et, pour l'heure, leurs prescriptions se limitaient à quelques conseils concernant la vie quotidienne : laver les couverts de Désiré à part avec de l'eau de Javel, éviter les objets coupants, ne pas fréquenter de personnes atteintes de maladies, même bénignes. En cas de blessure, éviter de toucher le sang de Désiré autrement qu'avec des gants en latex, puis tout nettoyer à l'eau de Javel, encore.

L'odeur de la Javel. C'est le seul souvenir olfactif qu'il me reste de la maison de mes grands-parents. L'odeur du désespoir de Louise, ramenant son fils de l'hôpital, comme le premier pestiféré du village depuis la fin du Moyen Âge. Même dans un si grand hôpital, même dans une si grande ville, personne ne pouvait rien faire pour Désiré.

La phase asymptomatique de la maladie est alors devenue la meilleure alliée de ma grand-mère. Elle offrait un répit qui rendait encore possibles toutes les dénégations. L'apparition de la maladie chez des amis de son fils ne suffirait pas à la convaincre d'accepter une réalité devenue collective. Elle y puisait à l'inverse toujours plus d'arguments pour le distinguer de cette jeunesse en perdition. Ceux qui osaient dire la vérité se heurtaient souvent à ses furies, des démonstrations si violentes qu'elles réduisaient à néant toute tentative de discussion. Au village, son fils ne se droguait pas, n'était pas malade. Il était juste un peu fatigué.

C'est à peu près à cette période que mon grand-père a disparu. Émile n'était pas mort, ni en fugue, mais il avait disparu quelque part dans ses pensées. Alors que la toxicomanie et la maladie de Désiré s'imposaient aux yeux de tous, il redoublait d'efforts et d'application dans son travail, sans doute la dernière chose sur laquelle il avait encore un peu de prise. Louise s'absentait souvent pour accompagner leur fils à ses rendez-vous médicaux. Il fallait pallier son absence au magasin.

Enferré dans le silence, il n'avait pas plus de forces que son épouse pour affronter la situation. Chaque après-midi, il quittait le magasin pour ses tournées, confiant la boucherie à son fils cadet et à sa femme. Il s'échappait en camion dans les montagnes, roulant de village perché en hameau abandonné. C'est là, le long de ces routes qu'il parcourait, enfant, avec son père pour aller acheter des bêtes aux paysans de la région, au hasard d'anciennes fermes dans lesquelles il avait appris son métier, dans des maisons où vivaient quelques femmes esseulées à qui il rapportait des cartouches de cigarettes et des parfums du village, qu'il trouvait refuge. Il s'absentait ainsi jusqu'au soir. Le dimanche après-midi, il lavait son camion dans l'allée de la maison, il nettoyait ses couteaux et chargeait la marchandise pour le lendemain, tout en écoutant les émissions sportives de RMC. Jamais de cri. Pas une larme. Il restait insondable, un corps et une âme définitivement engloutis dans le silence.

Des premiers symptômes finiraient par apparaître chez Désiré : un amaigrissement, de la fièvre, des nausées, des diarrhées, et des quintes de toux qui ne passaient pas. Bien davantage que des chiffres inscrits sur des comptes rendus d'analyses de sang, ces signes physiques montreraient à ma grand-mère la gravité de la situation. Ils inaugureraient une série d'allers-retours effectués au gré de l'état de santé de mon oncle. Des allers-retours entre le village et la ville, entre sa chambre d'hôpital et son appartement, entre la drogue et le sevrage, entre une lente agonie et de brefs moments d'apaisement. Entre la vérité et le déni aussi. Des médecins qui constatent la dégradation progressive de leur patient. Une mère qui affirme que son fils ne souffre pas d'une maladie d'homosexuels et de drogués. Un fils qui dit qu'il ne se drogue plus. À chacun son domaine : aux médecins la science, à ma famille le mensonge.

T4

À la fin de l'année 1983, la description de l'attaque du système immunitaire par le virus découvert à Pasteur est confiée à l'épidémiologiste Jean-Claude Gluckman et à l'immunologiste David Klatzmann.

Après l'observation de nombreux malades à la Pitié-Salpêtrière, Klatzmann est partisan de la thèse selon laquelle le virus s'attaquerait aux lymphocytes, ce qui expliquerait la destruction totale du système immunitaire des patients. Les équipes françaises ont en effet remarqué un déficit flagrant de lymphocytes T4 dans les prélèvements sanguins des malades. Un grand nombre de publications américaines depuis 1981 en font également état. L'immunologiste partage ainsi avec de nombreux confrères l'intuition selon laquelle ce sont plus précisément ces lymphocytes T4, une famille de globules blancs essentiels aux défenses naturelles du corps humain, qui sont la cible des attaques du virus.

Luc Montagnier est séduit par cette hypothèse et lui confie le soin de la démontrer scientifiquement, ce qui permettrait de confirmer le lien de causalité entre le LAV et le déclenchement de la maladie. Ce travail est primordial car, pour l'heure, certains scientifiques se demandent encore si le virus découvert à Pasteur n'est pas seulement un opportuniste parmi d'autres qui se fraie un chemin dans les veines des malades dépourvus de barrières immunitaires. Le LAV ne serait alors qu'une conséquence supplémentaire de la maladie.

L'expérience menée par David Klatzmann est simple : il va mettre en présence, au sein de mêmes cultures, le virus et des lymphocytes T4, avant d'observer ce qui se passe in vitro. Grâce à son travail dans le domaine des greffes lors d'un stage en Angleterre, le jeune médecin s'est familiarisé avec une technique récente, le typage des lymphocytes : il s'agit de séparer, dans une même analyse, les différentes familles d'agents protecteurs du système immunitaire. Dans son laboratoire de la Pitié-Salpêtrière, il isole ces familles de globules blancs avant de les mettre en culture. Dans une partie des tubes, il rassemble exclusivement des lymphocytes T4, tandis que dans une autre, il ne collecte que des T8. Il dispose tous les tubes dans une glacière, puis se rend au laboratoire de Chermann à Pasteur, le seul endroit équipé pour la culture du virus. Installé dans un coin de l'unité d'oncologie virale dédiée à l'étude du LAV, Klatzmann met le virus en présence de ses lymphocytes T4 et T8. Chaque jour, pendant une semaine, l'immunologiste se rend à Pasteur pour observer s'il y a une évolution.

Un samedi matin, l'Institut est quasi désert, la plupart de ses collègues sont en week-end. Klatzmann se penche sur son microscope, il examine ses cultures et fait alors une observation fondamentale : les lymphocytes T4 mis en présence du virus ont été dévorés. Ces cultures sont littéralement en ruine, tandis que les autres, celles qui contenaient les lymphocytes T8, sont intactes. Les intuitions de Klatzmann sont confirmées par cette première expérience. Il avertit aussitôt ses confrères.

Il faut réitérer l'opération de multiples fois afin de lever le moindre doute scientifique, mais Klatzmann est convaincu que, pour la première fois dans le monde, il vient de reproduire en laboratoire ce qui se produit dans le sang des patients. Des expériences du même type sont donc mises en œuvre, et le résultat est toujours identique : le LAV infecte et détruit les lymphocytes T4. Avec Luc Montagnier, ils rédigent très vite un article faisant état de cette découverte majeure et l'envoient au magazine *Nature.*

Les semaines et les mois passent. Aucune réponse de la part de la revue. Leurs espoirs s'épuisent, personne ne paraît s'intéresser à leur découverte. Luc Montagnier décroche son téléphone pour obtenir une explication.

Les responsables de la publication sont catégoriques : l'article a été refusé. Ils invoquent des réserves de la part du comité scientifique quant à la fiabilité des résultats de David Klatzmann : les procédés de travail et les résultats sont discutables, trop fragiles pour le prestige de *Nature*. Luc Montagnier a une autre explication, plus subjective, à cet étrange refus : *Nature* ne veut surtout pas contrarier les chercheurs américains. La revue tient à leur laisser le temps de combler le retard important qu'ils ont pris sur leurs homologues français.

L'article intitulé « Les lymphocytes T4 semblent être les récepteurs du rétrovirus humain LAV » sera finalement publié par la revue scientifique un an plus tard, dans le numéro du 20 décembre 1984.

L'ARGENT

Les parents de ma mère étaient nés au village, eux aussi, mais ils venaient d'un milieu plus modeste. Quand l'usine de pâtes avait fermé, mon grand-père maternel était devenu chauffeur pour une petite entreprise de bâtiment. Sa femme travaillait dans l'exploitation agricole de son frère. Des champs de légumes à perte de vue, dans l'ancien lit du fleuve. La grêle, les insectes, la sècheresse finissaient toujours par frapper : on ne récoltait jamais ce qu'on avait espéré. Après des années d'efforts, ils avaient pu s'offrir ce qu'on appelait une « campagne ». Un terrain à l'écart du village sur lequel mon grand-père avait mis des années à construire une maison, devenue habitable seulement à l'approche de leur retraite. Là, ils cultivaient un potager, élevaient des poules et des lapins. C'était davantage par nécessité que pour passer le temps.

Un après-midi, mon grand-père jardinait et ma grand-mère équeutait des haricots, assise sur un banc fabriqué avec une traverse de chemin de fer. Un véhicule inhabituel s'était engagé sur la route qui menait jusque chez eux. La BMW jaune s'était garée devant la maison. Les parents de ma mère avaient reconnu le beau-frère et la belle-sœur de leur fille. Désiré et Brigitte les avaient salués avant de leur expliquer qu'ils faisaient le tour de leurs connaissances pour leur demander de quoi les aider à financer un projet qui leur tenait à cœur : construire une maison.

Mes grands-parents avaient plutôt l'habitude de recevoir des vagabonds qui sillonnaient la France et s'arrêtaient au hasard des maisons pour quémander quelques provisions avant de continuer leur chemin. Ils se sont excusés de ne pouvoir leur donner davantage qu'un billet qu'ils gardaient pour les courses du dimanche. Quand ma grand-mère a proposé d'y ajouter des œufs et quelques légumes de leur jardin, le couple a refusé poliment.

L'annonce de la maladie n'avait rien changé à leur consommation d'héroïne. Ils traversaient la vallée de long en large pour visiter des amis, des cousins, des amis d'amis et des cousins de cousins avec des prétextes toujours différents pour leur emprunter un argent qu'ils ne rendraient jamais. Ils se perdaient en explications : ils devaient changer de voiture, faire un cadeau, acheter des médicaments ou préparer l'arrivée d'un enfant… Car Brigitte était enceinte. Ils venaient de l'apprendre. C'était peu de temps après la découverte de leur séropositivité et les médecins se montraient très réservés, mais ils s'accrochaient à cette grossesse comme à une preuve d'avenir.

Dans la famille, on avait la consigne de ne pas leur donner le moindre billet. On savait qu'ils continuaient à se droguer. La caisse de la boucherie avait longtemps été une réserve d'argent inépuisable. Mais le village n'était plus la petite sous-préfecture prospère dans laquelle la famille avait imposé son nom. La clientèle se faisait plus rare, plus modeste, et mes grands-parents n'avaient plus l'énergie de leur jeunesse.

Dès qu'ils avaient réussi à récupérer quelques billets, la BMW descendait la vallée à toute allure. Désiré au volant, derrière le verre jauni de ses lunettes de soleil, le pied crispé sur l'accélérateur, et Brigitte, livide, grelottante sur le siège passager. Ils se rendaient toujours au même endroit, dans un café des quartiers est de Nice. Dans l'arrière-salle, à l'écart de la musique, du zinc et des regards, ils ne discutaient plus d'autre chose que de la drogue. La drogue qui manque, la drogue qui soulage, la drogue qui coûte, la drogue qui réchauffe, la drogue qui… tout. La drogue point barre. La drogue et puis plus rien. La drogue et puis la mort. La transaction s'opérait rapidement. Le prix ne se négociait plus.

Une fois la came en poche, le couple retournait dans la BMW et partait se garer quelques centaines de mètres plus loin, dans une rue pavillonnaire un peu déserte. L'injection terminée, ils s'écroulaient sur leur siège, endormis, libérés quelques heures de la douleur et du manque.

La souffrance avait pris le pas sur le plaisir depuis un bon moment déjà. Après plusieurs semaines de défonce, peu après leur rencontre, le couple s'était calmé quelques jours. Et puis ils s'étaient réveillés un matin, fatigués, fiévreux et courbaturés. Ils n'étaient pas malades à proprement parler. L'héroïne les appelait. C'était la première fois qu'ils s'étaient sentis à sa merci. Cette sensation ne les avait plus jamais lâchés. Ils avaient entamé une chute sans fin. Incapables aujourd'hui d'aller travailler, ils se retrouvaient privés de salaires. Il n'était plus question de plaisir, de transe, ni de cette sorte d'expérience transcendantale que Désiré avait découverte, un soir de fête, à Amsterdam. L'emprise semblait ne jamais pouvoir se desserrer. Désiré et Brigitte ne s'alimentaient même plus. Leurs doigts ne ressentaient plus aucun frisson au toucher de leurs peaux. L'héroïne leur avait tout volé, l'appétit, le sommeil, les étreintes. Elle les avait renvoyés chacun vers un plaisir intérieur, inaccessible. La vie n'était plus qu'une course vaine, perpétuelle, contre les effets du manque, une course perdue d'avance.

Leur existence s'était redéfinie, réévaluée à la lumière d'une valeur unique. Cent balles. C'était plus ou moins le prix d'une dose de mauvaise came à Nice, un billet dans la caisse de la boucherie, un bobard raconté à un ami, deux autoradios volés, quelques vinyles de la collection de Désiré… L'appartement de mon oncle s'était agrandi du vide que la drogue faisait autour de lui. Les disques, les meubles, les vêtements, la décoration… tout ce qui pouvait l'être avait été vendu.

Dans les armoires à pharmacie de la famille, des sirops contre la toux, de l'aspirine et des antalgiques disparaissaient. Pour tenter de décrocher, Désiré et Brigitte se réfugiaient dans d'autres produits. Parmi les médicaments qu'on trouvait dans toutes les maisons, certains contenaient de la codéine, une substance extraite du pavot, comme l'héroïne. Elle atténuait un peu le manque. Mais toutes leurs tentatives de sevrage par eux-mêmes s'étaient soldées par des échecs.

La drogue était un continent inconnu sur lequel mon oncle et sa compagne dérivaient. Les vols de médicaments, de bijoux et d'argent avaient affecté la famille, les amis. Mon père ne comprenait pas ce qui pouvait amener un homme à voler les siens. Dans cette famille où l'amour ne se disait pas, l'argent et la nourriture étaient les uniques vecteurs d'affection. L'argent qu'on consent à donner, l'argent qu'on prête, qu'on confie, celui qu'on refuse aussi. Les plats préparés par ma grand-mère, les pièces de viande que mon grand-père mettait de côté dans la chambre froide pour les dîners avec leurs enfants, étaient le témoignage d'un amour réciproque, l'expression de sentiments muets. Quand ma grand-mère constatait que de l'argent avait encore disparu dans la caisse du magasin, mon père se contentait de soupirer en patois « Sabès » (tu sais).

Un jour, Brigitte et Désiré avaient annoncé à la famille leur décision de se marier. Louise en était heureuse, c'était une excellente nouvelle, un espoir de retour sur le droit chemin. Mon père ne s'était pas laissé leurrer une seconde. Son frère n'avait jamais manifesté de désir de mariage. Simplement, il savait qu'à cette occasion, la famille se montrerait généreuse.

Je comprends en les regardant de nouveau aujourd'hui combien les images que mon père a filmées, un matin gris devant l'église du monastère de Cimiez, étaient une mise en scène. Je réinterroge chaque détail, je scrute les visages flous sur la pellicule. Quelque chose ne colle pas. La robe très sobre de Brigitte, la façon dont elle échange quelques mots avec Désiré, à l'écart, dans la roseraie, toute la famille est sur la retenue. J'ai compté une dizaine de mariages dans la collection de super-8 de mon père. Celui-ci ne ressemble à aucun autre. Peu d'invités, pas d'amis, la famille proche seulement. Une organisation sobre, minimale, à la hâte.

Et maintenant, Désiré et Brigitte attendaient un enfant. Mon père, qui venait d'avoir des jumeaux, s'inquiétait pour son avenir. Que deviendrait cet enfant, qui allait naître dans des conditions terribles, quand la maladie ou la drogue finirait par emporter ses parents ? Dans la famille, d'autres voulaient voir dans cette grossesse un espoir, comme Louise. Sans doute, cette naissance allait-elle contraindre Désiré et Brigitte à sortir de l'héroïne, à prendre enfin soin d'eux. Mais le cadet ne croyait plus en aucune rédemption. Il savait bien comment tout cela se terminerait. Alors que le sang de Désiré pourrissait lentement, c'est une colère muette qui naissait dans les veines de mon père et ne le quitterait plus.

ELISA

À partir de février 1983, alors que la responsabilité du LAV dans l'apparition du sida reste encore à établir, la question de l'élaboration d'un test de dépistage est abordée chaque samedi matin à l'Institut Pasteur. Pour effectuer les sérologies, Luc Montagnier ne dispose que de la méthode RIPA, une technique lourde, longue et coûteuse, inadaptée à l'urgence de la situation. Lors des premières réunions, il est décidé de développer une méthode plus efficace. Pendant que les pasteuriens continuent leurs observations du virus chez les malades, Françoise Brun-Vézinet, la directrice du laboratoire de virologie de Claude-Bernard, et son élève Christine Rouzioux s'attellent à la mise au point du test. Elles s'intéressent à une technique de sérologie récente, baptisée ELISA, qui consiste à détecter la présence d'anticorps dans des échantillons grâce à une réaction chimique. Françoise Brun-Vézinet a déjà adapté cette technique à la détection des cytomégalovirus, des virus appartenant à la famille de l'herpès. Elle va procéder de même pour le LAV. Mais pour identifier des anticorps propres au LAV, il faut disposer d'antigènes qui lui sont spécifiques. L'hôpital Claude-Bernard ne dispose pas des moyens suffisants pour en cultiver. La collaboration avec l'Institut Pasteur s'avère alors décisive.

Le 13 juillet 1983, le professeur Montagnier confie de premiers antigènes à ses consœurs de Claude-Bernard. Celles-ci les traquent, les observent, s'exercent à reconnaître les anticorps présents et mettent au point une première série de tests. En une semaine, elles obtiennent des résultats préliminaires encourageants. Dès le 20 juillet, des essais de tests sur des échantillons de personnes contaminées donnent de bons résultats, mais dans des proportions encore bien trop faibles. Au mois de septembre, à force de perfectionner leur méthode, 30 à 40 % des prélèvements effectués sur des malades aboutissent à des résultats positifs. Dans le même temps, des prélèvements effectués sur des échantillons que l'on sait absolument sains donnent également des résultats positifs. La proportion trop faible de « vrais positifs » et la présence encore importante de « faux positifs » ne découragent cependant pas les deux virologues.

Le nombre de patients identifiés en France à cette période est encore faible, comparé aux centaines de cas recensés aux États-Unis. Françoise Brun-Vézinet et son élève manquent de matière pour travailler. Elles font donc appel au CDC d'Atlanta qui accepte de leur envoyer de grandes quantités de sérums infectés.

Au printemps 1984, un article est publié dans la revue *The Lancet*. Il fait état des résultats d'une étude française réalisée sur plus de cinq cents personnes infectées. L'expérience a permis de repérer dans le sang de ces patients des anticorps spécifiquement dirigés contre le LAV. Certes, les systèmes immunitaires s'effondrent face à l'agression de ce rétrovirus, mais ils ne capitulent pas sans combattre. C'est par ces vains anticorps que l'organisme trahit la présence du virus.

Il faudra attendre encore des mois avant que la technique ELISA adaptée au virus du sida soit suffisamment sensible pour constituer un outil de dépistage satisfaisant. À la fin de l'année 1984, le procédé développé conjointement par l'hôpital Claude-Bernard et l'Institut Pasteur est en mesure de détecter les anticorps du virus LAV dans 90 % des cas, sans montrer de « faux positifs ». Ces longs mois de travaux aux côtés de Françoise Brun-Vézinet feront l'objet de la thèse de fin d'études en virologie de Christine Rouzioux.

Le test français opérationnel, breveté par l'Institut Pasteur, tout comme son concurrent américain du laboratoire Abbott, ne seront accessibles au grand public qu'à l'été 1985.

LES CURES

Ça commençait par un coup de téléphone qu'on n'attendait plus. Le médecin du village annonçait qu'une place en cure de désintoxication serait prochainement disponible pour Désiré. L'établissement étant très sollicité, il fallait convaincre mon oncle de ne pas manquer ce rendez-vous.

Louise aidait son fils à préparer sa valise. Elle repassait ses vêtements et le conduisait à Nice. Une fois Désiré derrière les vitres du bâtiment accolé à l'hôpital, avant que n'apparaissent les symptômes de la maladie, tous les espoirs redevenaient possibles.

La cure débutait par un entretien individuel avec un toxicologue. À la lecture du dossier de mon oncle, le praticien gardait le silence, accumulant les soupirs. Il lui présentait ensuite le déroulement des trois, quatre semaines que durerait son séjour. Désiré devait lire le règlement intérieur des lieux et y apposer sa signature. Outre l'interdiction de sortir et de recevoir la moindre visite, il fallait honorer toute une série de rendez-vous, collectifs et individuels, avec un psychologue.

Lors de la première cure de Désiré, ce dernier avait tracé une sorte de schéma représentant un cercle. La toxicomanie répondait à une frustration, un manque de confiance en soi, une faille personnelle que la drogue venait atténuer. C'était un cercle vicieux. L'héroïne s'engouffrait dans cette faille, qui ensuite n'appelait plus rien d'autre si ce n'est davantage de doses. Le praticien avait expliqué à Désiré qu'il ne pourrait se débarrasser de l'héroïne qu'une fois qu'il aurait identifié et comblé cette faille.

Mon oncle avait grandi dans une famille où on ne se parlait pas. Je me demande s'il a seulement essayé de partager des sentiments aussi profonds avec un inconnu. Je l'imagine acquiescer en silence aux affirmations de son interlocuteur pour en finir au plus vite. Je ne saurai jamais s'il a appris quelque chose de lui-même au cours de ces séances.

Le sevrage devait être total et non régressif. La première semaine était donc la plus éprouvante. Désiré luttait contre des nausées, des courbatures, des maux de tête très violents. Les symptômes physiques du manque. Les produits de substitution comme la méthadone n'étaient pas encore officiellement autorisés en France. Ils ne le seraient pas avant 1995, quand les autorités prendraient enfin la mesure de l'épidémie de sida chez les toxicomanes. Les infirmiers ne lui prescrivaient donc que des antalgiques et des antispasmodiques, éventuellement des sédatifs et des tranquillisants, mais uniquement dans les moments les plus difficiles. Dans cet établissement, comme à l'hôpital, sa maladie effrayait une bonne partie des soignants, d'autant que la rigueur du sevrage entraînait des tensions dans le service.

Une fois le cap des premiers jours passé, Désiré se sentait mieux. Les relations avec le personnel se détendaient. Il pouvait commencer une phase plus intense de travail psychologique. C'était d'autant plus nécessaire que le manque se manifestait désormais par des états d'anxiété, de confusion, voire de dépression.

Depuis la fenêtre de sa chambre, les collines niçoises laissaient entrevoir la mer et son horizon lointain. Sans doute, pour tenter de tenir le coup, songeait-il à Brigitte et à leur enfant à venir.

Chaque cure marquait un temps d'espoir et de répit pour la famille. L'espoir que ce serait la dernière. Le répit de ne plus avoir à se demander où était Désiré. Le jeune homme disparaissait quelques semaines du village, l'angoisse de ses parents pouvait se dissiper un peu. On ignorait ce qu'il faisait là-bas et ce qu'on lui administrait, mais on était soulagé de ne plus craindre de recevoir un coup de téléphone des pompiers ou de quelqu'un venant de le découvrir, inconscient, une seringue plantée dans le bras. Ma grand-mère retrouvait sa place à la boucherie et soulageait mon père et mon grand-père de la fatigue accumulée lors de ses absences.

Dans cet établissement ressemblant à un hôpital qui ne disait pas son nom, Désiré essayait de s'occuper. Lorsqu'il y était autorisé, il téléphonait et promettait que tout allait bien, que tout irait bien dorénavant. Ses bras cicatrisaient. Son teint s'améliorait. Il reprenait forme humaine. Ma grand-mère le voyait déjà récupérer son poste de secrétaire à l'étude notariale.

Mon oncle tâchait de s'intéresser à autre chose qu'à la drogue, mais il avait oublié. Il avait complètement oublié à quoi il avait bien pu se consacrer avant. Faute de trouver une réponse, chacun, ici, se laissait le temps de se le rappeler. Loin des sollicitations de la rue, des amis, on gagnait du temps. À défaut de remporter la bataille, on s'offrait une trêve. On retardait un peu l'heure de la défaite.

TEST

Dès 1984, à l'hôpital Raymond-Poincaré de Garches, Jacques Leibowitch prend conscience du risque de propagation du virus que représentent les transfusions sanguines. Cette inquiétude est partagée par ses confrères américains et ceux de l'Institut Pasteur qui observent de plus en plus de cas de sida chez des personnes non homosexuelles, non héroïnomanes, mais transfusées.

En France, comme aux États-Unis, on alerte sur l'urgence de vérifier les lots de poches de sang destinées aux transfusions. Mais les techniques de dépistage font encore défaut et les personnes qui ont besoin de sang ne peuvent pas attendre. Comme ses confrères de l'Institut Pasteur et de l'autre côté de l'Atlantique, Jacques Leibowitch va s'activer pour mettre au point une méthode simple et rapide afin de détecter la présence du virus dans les banques de sang.

Dans son laboratoire, avec sa collègue Dominique Mathez qui lui a fourni un petit incubateur portable, ils travaillent sans relâche jusqu'à obtenir des résultats satisfaisants via un procédé de marquage déjà éprouvé, appelé immunofluorescence. Cette méthode artisanale demande beaucoup de temps. Dominique Mathez et ses collaboratrices mettent les tubes de sang à dépister en culture pendant quarante-huit à soixante-douze heures, avant d'y traquer la prolifération du virus.

Par ailleurs, au cours de cette année 1984, Leibowitch poursuit ses échanges avec les équipes américaines de Robert Gallo. Il partage les dernières découvertes mondiales avec un public de plus en plus large et multiplie les interventions auprès de ses collègues français. De retour des États-Unis, il anime une conférence à l'hôpital Tarnier. Dans l'assistance se trouvent les médecins qui, depuis plusieurs mois, tentent de soigner Michel Foucault.

Le célèbre philosophe les a d'abord consultés pour une toux persistante. Son homosexualité n'est un mystère pour personne, et l'hypothèse du sida a effleuré les praticiens, mais ils ont d'abord préféré ne pas s'y arrêter, refusant de se laisser influencer par les clichés qui circulent sur la maladie. Malgré le succès apparent d'un traitement aux antibiotiques, Michel Foucault rechute brusquement au printemps 1984, obligeant ses médecins à réinterroger leurs premières convictions. Ce qu'ils apprennent de Jacques Leibowitch confirme leur crainte initiale.

Le sarcome de Kaposi restant largement associé au sida, on pense encore qu'il est une condition *sine qua non* à la formulation du diagnostic. Foucault lui-même, qui est souvent allé à New York où l'épidémie fait des ravages, a gardé ce stéréotype en tête. En l'absence de ce marqueur, son entourage se veut rassurant. En outre, le philosophe souhaite poursuivre son travail le plus longtemps possible et, parmi ses proches, on considère qu'il serait trop démoralisant de lui annoncer un diagnostic qui pourrait contrarier ses projets. Ainsi, c'est dans une sorte d'omerta que vont se dérouler les semaines suivantes.

Quand une hospitalisation finit par s'imposer, les médecins de Foucault évitent qu'il soit pris en charge dans le service de Willy Rozenbaum à la Pitié-Salpêtrière pour ne pas attiser la suspicion des médias. Jusqu'au bout, rien ne lui sera révélé de la réalité de sa maladie. Lorsque le philosophe succombe en juin 1984, c'est au détour d'une formalité administrative que son compagnon Daniel Defert découvre, stupéfait, quatre lettres sur un document qui précise la cause du décès : SIDA. Scandalisé, il crée AIDES, une association ayant pour but d'accompagner les malades atteints de ce virus.

Entre le 10 octobre et le 12 décembre 1984, à l'hôpital de Garches, le procédé de dépistage de Jacques Leibowitch et Dominique Mathez progresse. Dans leurs premiers essais qui portent sur 10 000 prélèvements sanguins, on n'en compte qu'un ou deux déclarés à tort comme positifs. Les deux médecins expérimentent leur outil en analysant des échantillons qui proviennent des poches de sang d'Île-de-France. Ils cherchent à estimer la proportion de lots contaminés dans les banques de sang de cette région. Les résultats qu'ils obtiennent sont effrayants. Sur 2 000 poches de sang, ils constatent la présence de 20 unités contaminées. Les travaux des pasteuriens montrent, au même moment, que les receveurs de sang de donneurs contaminés deviennent positifs à leur tour. Les hémophiles, qui reçoivent régulièrement des produits sanguins concentrés provenant d'une multitude de donneurs, sont tout particulièrement exposés. Leibowitch cherche à alerter les autorités, sans beaucoup de succès, cette forte tête ayant tendance à irriter ses interlocuteurs.

Dans le même temps, à Pasteur, une technique de chauffage des produits sanguins est élaborée, qui permet de neutraliser le virus dans les poches de sang sans en altérer la qualité. Pourtant, tout comme leur fougueux collègue de l'hôpital de Garches, les chercheurs de l'Institut ne trouvent personne au ministère pour prendre leurs avertissements au sérieux.

Il semble qu'on parie sur l'hypothèse selon laquelle tous les séropositifs ne développeront pas la maladie. Un pari morbide. Par négligence, par souci d'économie, ce pari causera la contamination de milliers de personnes.

NAISSANCE

Au printemps 1984, Brigitte a donné naissance à une petite fille. Pour satisfaire à la tradition familiale, on l'a baptisée d'un prénom décliné à partir de celui de son grand-père paternel, Émile. Comme Désiré, Émilie a reçu en héritage le prénom du père de son père. Mon oncle a trouvé dans cette paternité un second souffle que son corps vacillant lui refusait. À la drogue qui leur avait tout volé, Brigitte et lui avaient réussi à arracher un enfant.

Ma grand-mère était d'autant plus enchantée qu'elle n'avait que deux petits-enfants, deux garçons. Cette petite-fille était un signe d'espoir, celui que Désiré et Brigitte en finissent enfin avec l'héroïne.

Dès le début, les médecins de L'Archet s'étaient montrés très clairs : le virus responsable du sida avait été observé chez des enfants nés de parents porteurs. Dans leur service, ils comptaient déjà quelques cas de nouveau-nés infectés.

Sans s'immiscer dans les choix personnels du couple, ils avaient prévenu Désiré et Brigitte : non seulement leur enfant risquait de naître séropositif, mais leur espérance de vie compromise ne leur laisserait peut-être pas le temps de le voir grandir. À la naissance, les anticorps caractéristiques du LAV furent observés dans les analyses de sang d'Émilie. Il pouvait encore s'agir de ceux que sa mère lui avait légués. Il fallait attendre quelques semaines pour se prononcer définitivement.

J'ai souvent essayé d'imaginer la confusion des sentiments que l'arrivée d'Émilie a dû susciter au sein de la famille, le mélange d'une joie sincère et d'une inquiétude immense. Serait-elle porteuse du virus de ses parents ? La maladie allait-elle la toucher ? Que pouvaient-ils bien en savoir, alors que les médecins eux-mêmes étaient incapables de répondre de manière certaine à ces questions ?

J'ai beaucoup de mal aujourd'hui à voir mon père autrement que traversé par cette tourmente. Il ne pouvait pas se réjouir de la naissance de sa première nièce sans se faire du souci pour son avenir. Comme s'il avait toujours su le destin contrarié de cette existence nouvelle. On n'est pas censé assister à la mort de ceux qu'on voit naître. Peut-être avait-il compris. Nous étions condamnés. Condamnés à lui survivre, à leur survivre à tous les trois. Cette idée devait lui être d'autant plus insupportable qu'il avait appris à toujours garder ses sentiments pour lui. Il n'avait jamais rien dit à personne au sujet de la toxicomanie de son frère, de sa maladie, de son choix d'avoir un enfant. Il n'allait probablement pas commencer maintenant. Ma mère, quant à elle, cherchait à savoir, à comprendre, à travers les journaux, la télévision et quelques livres encore trop rares. Elle voulait trouver une raison d'espérer.

Au sortir de la maternité, les jeunes parents et le bébé ont regagné leur appartement sous les toits, au-dessus du café de la place de la fontaine. On les félicitait quand on les apercevait sur le chemin des écoles avec leur landau bleu marine. Ils étaient beaux et heureux. Le temps des fêtes, des nuits blanches et de la came semblait loin.

Ma grand-mère leur rendait visite plusieurs fois par jour pour proposer son aide. Elle veillait surtout à ce que le couple ne retourne pas à ses vieux démons. Elle inventait des prétextes pour ouvrir les placards de la cuisine, les tiroirs des tables de nuit ou l'armoire à pharmacie. Elle vérifiait discrètement qu'on y trouvait plus de drogue, d'élastique ni de seringue et repartait le plus souvent rassurée.

Compte tenu de ses résultats sanguins, Émilie était suivie de près par le médecin du village, les infectiologues de l'hôpital L'Archet, ainsi que par les spécialistes de Lenval, l'hôpital pédiatrique de Nice. Dès ses premières semaines de vie, après quelques examens complémentaires, il fut établi qu'il était bien là, sous sa peau, dans les veines d'une petite fille pourtant pareille à toutes les autres, le virus endormi qui risquait un jour de se réveiller.

AZT

Au printemps 1984, Robert Gallo confie un échantillon du LAV au virologue Hiroaki Mitsuya, du National Cancer Institute. Il souhaite que les chercheurs de cette institution puissent tester sur cet échantillon toutes les molécules qu'ils ont à disposition, dans l'espoir que l'une d'elles parvienne à empêcher la réplication du virus. Pour multiplier ses chances de réussite, l'Institut fait appel à plusieurs laboratoires, dont celui de Burroughs Wellcome en Caroline du Nord. La virologie étant un domaine encore peu rentable, ce laboratoire, qui croit en son potentiel, est l'un des rares spécialisés dans ce domaine.

Après plusieurs semaines de travail, les chercheurs de Burroughs Wellcome réexaminent le BW509U, un produit synthétisé par un certain Jerome Horwitz en 1964, quelque part dans le Michigan. Ce scientifique avait expérimenté cette molécule dans ses travaux concernant certains cancers d'origine virale. À cause de ses effets secondaires particulièrement lourds pour les patients, mais surtout de son inefficacité, le BW509U avait été rapidement abandonné. Avec ses collègues de l'époque, Horwitz avait synthétisé d'autres produits, comme le ddC, le d4T et le ddI, mais qui s'étaient tous montrés inefficaces contre le cancer. C'est au cours d'un long travail de recherche dans les archives de la chimiothèque que le laboratoire Burroughs Wellcome a ressorti ce produit de ses placards.

Il est d'abord testé chez des souris à qui l'on a inoculé des rétrovirus. Après plusieurs essais, on remarque que le BW509U semble bloquer leur réplication au sein des cellules des rongeurs. Bien que d'autres essais menés dans des laboratoires concurrents révèlent, au contraire, une inefficacité du produit, Burroughs Wellcome envoie l'antidote qu'ils rebaptisent « composé S » au National Cancer Institute. Hiroaki Mitsuya va pouvoir pousser plus loin l'étude de cette molécule, non plus sur des souris, mais sur le virus humain que lui a confié Robert Gallo. Il met le VIH en culture avec des clones de lymphocytes T4 qu'il a obtenus à partir de son propre sang. À la fin de l'année 1984, son travail confirme l'espoir d'un effet significatif : ce produit, renommé azidothymidine ou AZT, inhibe in vitro le virus du sida et bloque son action sur les lymphocytes. Il est temps d'organiser des essais sur des êtres humains.

En juillet 1985, une première étude sur 19 patients conclut que l'AZT a tendance à faire remonter le nombre de leurs lymphocytes T4. Des expériences ont ensuite lieu sur des cohortes de patients de plus en plus grandes.

En juin 1986, une étude suit l'évolution de la maladie chez 212 patients. Une moitié est traitée à l'AZT, tandis que l'autre se voit administrer un placebo. En septembre, après à peine huit semaines de traitement, les résultats apparaissent significatifs : on ne compte qu'un décès dans le groupe des patients traités à l'AZT contre 19 dans celui des non traités. On constate aussi 24 passages au stade de sida déclaré dans le premier groupe contre 45 dans le second. À court terme, il semble que l'on meure beaucoup moins en étant sous AZT.

Pour la première fois depuis des années, un produit démontre une certaine efficacité dans la lutte contre le sida. À défaut de vaincre le virus, il réussit, croit-on, à enrayer sa logique destructrice. Le 19 mars 1987, la Food and Drug Administration enregistre le médicament dans des délais très brefs du fait de l'urgence sanitaire.

En 1989, l'essai 019, incluant plus de 3 000 patients, sera prématurément interrompu. L'écart de mortalité ou de passage au stade de sida déclaré entre les personnes traitées à l'AZT et celles sous placebo était trop grand pour poursuivre l'essai sans poser une question éthique : pourquoi continuer d'administrer un placebo quand le médicament paraît si efficace ? Burroughs Wellcome communiquera fièrement ses résultats. Au lendemain de leur publication dans la presse américaine, le laboratoire verra la valeur de ses actions bondir de 32 % en quelques heures.

L'HÔPITAL

« Les intraveineuses, ici, c'est moi qui m'en occupe, compris ? »

Ça, pour comprendre, Désiré avait compris. Il avait intérêt à se rétablir pour déguerpir au plus vite. À peine l'avait-on installé dans cette chambre d'hôpital qu'un infirmier grand comme une armoire à glace avait débarqué et cherché à l'impressionner en lançant cette remarque. Le type se déplaçait, entre le lit et la fenêtre, comme en territoire conquis. Puis il avait disparu.

Les toxicomanes foutaient la trouille au personnel. Quand ils étaient en manque, ils étaient capables de tout. Ils fauchaient des seringues, des médicaments sur les chariots, entraient dans des accès de violence incontrôlables. Pendant les visites, leurs amis leur ramenaient parfois de quoi se piquer. On les retrouvait alors évanouis dans leur chambre ou leur salle de bains. À quoi bon soigner des gens qui passaient leur temps à se détruire ?

Depuis le début de l'épidémie de sida, de plus en plus de toxicos étaient admis dans le service de pneumologie de l'hôpital Pasteur à Nice. Ils venaient soigner les tuberculoses et les pneumocystoses que leur infligeait un virus contracté en s'échangeant des seringues. Le personnel les avait à l'œil dès le départ. On leur faisait signer une charte de bonne conduite et on s'efforçait de les mettre au pas. La peur devait changer de camp.

C'est une tuberculose qui a imposé à Désiré sa première hospitalisation, en dehors des cures. Une toux tenace et des problèmes d'essoufflement l'épuisaient depuis plus d'un mois. Quand il avait commencé à cracher du sang, sa mère l'avait descendu à Nice. Son séjour à l'hôpital a duré quelques semaines, le temps que les antibiotiques aient fait suffisamment d'effet pour qu'il puisse rentrer au village. Cette première maladie éprouvait son corps déjà maigre et pâle, meurtri par les années d'héroïne. Brigitte tâchait de s'occuper d'Émilie, c'est donc Louise qui se rendait au chevet de son fils. Elle reconnaissait sa chambre dans le dédale de l'hôpital grâce à une pastille rouge collée sur sa porte. Ce qu'elle avait pris d'abord pour une considération particulière n'était que le début d'une salve d'humiliations qui ne cesseraient plus. Elle arrivait souvent en début d'après-midi et trouvait le plateau-repas de son fils abandonné devant la porte. Il était toujours le dernier à recevoir des soins, quand on n'oubliait tout simplement pas de s'occuper de lui. Un jour, elle a retrouvé Désiré couvert de sang séché. Aucun aide-soignant n'était venu le nettoyer à la suite d'une hémorragie. Ma grand-mère s'apprêtait à hurler, lorsque mon oncle l'en a empêchée. « Arrête, maman, ça va. On va se débrouiller. » Louise commençait à comprendre. Elle a nettoyé le sang de son fils elle-même. Ce sang qui collait une frousse terrible à tout le personnel de l'hôpital, ce sang qu'elle lui avait pourtant légué et qui n'en finissait plus de le tuer. Elle passait de longues heures avec Désiré. Elle l'aidait à se lever pour le faire marcher dans les couloirs. Elle rapportait de la charcuterie du magasin et des agrumes de chez le primeur. Elle parlait, racontait tout ce qu'elle pouvait pour l'arracher à cette chambre d'hôpital : Brigitte, Émilie, le chantier de la maison de son frère, la boucherie, les dernières nouvelles du village. C'est peut-être dans ces moments seul à seul qu'ils ont enfin pu se dire des choses. J'imagine qu'elle le questionnait pour comprendre ce qu'il était allé chercher dans la drogue. Pourquoi ne parvenait-il pas à décrocher après tout ce qu'elle avait détruit en lui ? Entre ses larmes, elle lui rappelait sa paternité, cette enfant qui avait besoin d'un père, un père debout.

Pendant les derniers temps de sa convalescence, Désiré a partagé sa chambre avec un garçon qui ne recevait presque aucune visite. Hormis celles d'un autre homme qui restait des heures à lui tenir la main et à l'embrasser. C'était la première fois que Louise assistait à ce genre de scène. D'abord un peu gênée, elle avait fini par en sourire, après les clins d'œil complices que lui adressait Désiré, et se sentir émue par ce qu'elle découvrait être de l'amour. Un amour aussi sincère que celui qu'elle venait témoigner à son fils.

La seule image qu'elle avait de l'homosexualité remontait à son enfance dans le Piémont italien. Des souvenirs de cris, de coups et de crachats. On avait tabassé sous ses yeux deux hommes qui avaient été surpris ensemble dans une grange. Des gars du village les avaient traînés jusqu'à la place avec fierté, en hurlant pour rameuter tout le monde. Attirée par cette agitation inhabituelle, Louise s'était précipitée dehors avec ses frères et sœurs. Quand la violence s'était abattue sur leurs proies, la petite fille s'était réfugiée, terrorisée, sous les jupes de sa mère. C'était l'un de ses derniers souvenirs d'avant la guerre.

Une fois seule dans le couloir de l'hôpital avec Désiré, ma grand-mère s'interrogeait : « Mais quand même, à part son ami, y aura personne pour venir le voir, ce pauvre jeune ? »

C'est dans cette aile du service de pneumologie dédiée aux premiers malades du sida que Louise a enfin pris conscience du mal qui rongeait son fils. Le docteur Dellamonica l'avait prévenue. Après la tuberculose, d'autres affections risquaient de le frapper, dans les semaines ou les mois à venir. Au milieu de ses compagnons d'infortune, pour la plupart homosexuels ou drogués, elle ne pouvait plus nier l'évidence. Le virus la ramenait à tout ce dont elle avait tâché de s'extraire. Il était parvenu à contrarier la trajectoire qu'elle s'était efforcée de suivre depuis l'Italie. Un micro-organisme, surgi d'on ne sait où, réussissait à enrayer une longue histoire d'ascension sociale, une lutte pour devenir quelqu'un de respecté. Il suscitait des sentiments de honte, d'exclusion et d'humiliation qu'elle s'était juré, il y a longtemps, de ne plus jamais revivre.

Seule cette maladie était arrivée à ce qu'une mère voie son fils tel qu'il était : un junkie pourrissant parmi les siens. Un toxicomane promis au même sort que ses compagnons. Peu importaient ici son nom, son prénom, les espoirs que ses parents avaient placés en lui, la réputation d'une famille sans histoires. Le sida ne voulait rien savoir. Il se jouait de tout le monde : des chercheurs, des médecins, des malades et de leurs proches. Personne n'en réchappait, pas même le fils préféré d'une famille de commerçants de l'arrière-pays.

HPA-23

À Pasteur, quand les laboratoires se vident, il arrive que les équipes médicales trouvent un jeune homme, une jeune femme, attendant à l'entrée du bâtiment, une feuille de papier à la main. Son visage, sa maigreur, son regard désespéré et, parfois, un français très approximatif teinté d'un accent américain disent son histoire à sa place. Les scientifiques comprennent tout de suite.

Depuis le printemps 1983, bien avant la découverte de l'AZT, Jean-Claude Chermann teste un inhibiteur de rétrovirus qui doit stopper la réplication du LAV : l'hétéropolyanion 23 ou HPA-23. Cet antirétroviral est le premier au monde. Le pasteurien l'avait découvert en 1972. Il semble provoquer une inhibition transitoire du virus, tendant à ralentir le processus responsable de la maladie. Les premiers résultats s'avèrent plutôt encourageants, bien que le HPA-23 entraîne des effets secondaires toxiques dans certaines cellules du sang.

De New York à San Francisco, le bruit court que les chercheurs français de l'Institut Pasteur expérimentent un produit prometteur, qui aurait peut-être la vertu de bloquer l'action du virus dans le sang. Des jeunes gens désespérés quittent ainsi leur ville, leur pays et se rendent à Paris sur les conseils de leurs médecins traitants qui ne peuvent plus rien pour eux. À bout de forces, ils ne demandent qu'à être inclus dans un des essais thérapeutiques de l'Institut.

Rarement des scientifiques ont côtoyé la mort d'aussi près et se sont confrontés si violemment à leurs propres échecs. C'était d'ordinaire le lot des médecins. L'épidémie de sida bouleverse tout, notamment la relation du chercheur au malade. Elle rend la communication entre eux indispensable, fait tomber des cloisons qui les ont longtemps tenus à distance. Soudain, les échecs de la recherche ne se traduisent plus uniquement par des chiffres inscrits dans des comptes rendus, sur des écrans d'ordinateur, mais aussi sur des visages désespérés.

Les chercheurs ont à peu près le même âge que ces jeunes patients, ils les savent seuls, abandonnés par une partie de leur entourage. Qu'est-ce qui les différencie d'eux ? L'orientation sexuelle ? L'usage de la drogue ? Qu'est-ce qui justifie qu'on endosse définitivement le rôle respecté du chercheur plutôt que celui, méprisé, du malade condamné ? Certes, les équipes de Pasteur sont à la pointe de la recherche mondiale sur le virus du sida, mais quelle satisfaction en tirer tant qu'on continue à venir mourir dans leurs bras ? Ces fantômes les hanteront longtemps.

Un soir, alors qu'elle veille un patient en soins palliatifs, Françoise Barré-Sinoussi perçoit le faible son d'une voix qui passe au travers d'un masque et tente de percer le vacarme de la machine respiratoire : « Merci. » La jeune femme est déconcertée : « Mais pourquoi ? On n'a pas réussi à vous sauver. » Les yeux mi-clos, entre deux mondes, le moribond trouve encore la force de répondre : « Pas pour moi. Pour les autres. »

SOUS LA LANGUE

C'est une scène qui n'existe déjà plus qu'en noir et blanc. C'est du moins comme ça que je l'imagine à cause de l'absence de couleurs sur les photos. Elle s'anime grâce aux images de films de cinéma de l'époque dans lesquelles mon cerveau a retrouvé de quoi lui donner vie.

Deux écoliers descendent la rue du 4-Septembre. Deux jeunes garçons d'une petite dizaine d'années. L'aîné marche devant. Le petit le suit de près, il porte le cartable de son frère dans ses bras et le sien sur le dos. Comme chaque matin, ils se sont arrêtés à la boucherie avant de rejoindre l'école. Pendant que le plus jeune embrasse leur père, l'aîné récupère dans le laboratoire deux gros élastiques qui servent à attacher les rouleaux de papiers d'emballage de la viande. Ensuite, je les vois ressortir du magasin et reprendre leur chemin.

À l'angle de la rue, les deux frères ne franchissent pas le pont. Ils tournent à droite et disparaissent. Par les chemins qui longent la rivière, traversent les forêts de chênes jusqu'aux crêtes de calcaire qui dominent le village, ils se soustraient au givre qui recouvre la vallée. Dans une bergerie en ruine appartenant à leur grand-père, ils s'installent pour bricoler des lance-pierres, construire une cabane et jouer aux Indiens. Quelques jours auparavant, ils avaient dû faire signer par leur mère des documents que l'institutrice avait distribués, afin d'autoriser l'infirmière scolaire à les vacciner.

Désiré et mon père s'offraient une journée d'école buissonnière pour échapper à l'aiguille d'une piqûre qui les terrifiait. Ils rentreraient à l'heure habituelle. Leur incartade n'apparaîtrait qu'à travers l'absence d'un tampon sur leur carnet de santé. Absorbés par leur travail, leurs parents ne s'en apercevraient pas. Le médecin de famille, perplexe, découvrirait quelques mois plus tard qu'une mention manquait dans le tableau des vaccinations obligatoires.

Vingt ans après, la moindre absence de Désiré provoquait la panique de ma grand-mère, terrifiée à l'idée qu'il ne replonge. Son fils lui promettait pourtant qu'il ne se droguait plus. Le creux de ses bras cicatrisait. Elle avait plusieurs fois fait le tour de son appartement. Dans aucune pièce, dans aucun placard elle n'avait trouvé de drogue. Dans un monde où on ne guérissait pas du sida, elle espérait au moins qu'il guérisse de l'héroïne. Le sevrage, c'était pour elle quelque chose de tangible, autrement plus concret qu'un rétrovirus. Elle espérait encore que la maladie finirait par déserter ce corps que la drogue lui avait permis d'envahir. Son fils reprendrait une carrière brillante et s'attacherait enfin à porter haut un patronyme qu'elle s'épuisait à laver des rumeurs du village, du regard navré des pompiers, de la honte et des seringues.

Les médecins étaient pourtant formels : non seulement la maladie progressait, mais Désiré consommait encore de la drogue. De plus en plus, même.

Mon oncle a fini par avouer qu'il n'avait jamais décroché. Malgré les cures, les tentatives de sevrage, le cannabis, la codéine et tous les médicaments qui lui tombaient sous la main, il n'était pas parvenu à contrecarrer l'autorité de l'héroïne. Il avait simplement trouvé un moyen plus discret de se l'injecter en se piquant dans une veine située sous la langue, là où personne n'aurait l'idée d'aller vérifier. C'est avec cette effrayante découverte que ses parents ont compris que leur combat était définitivement perdu.

ROCK HUDSON

Jeudi 25 juillet 1985. Rock Hudson est accueilli en urgence à l'hôpital américain de Neuilly après avoir fait un malaise dans sa chambre du Ritz. La nouvelle se répand si vite que son attachée de presse est obligée de sortir du bois : l'acteur américain est atteint du sida. Il a été diagnostiqué un an auparavant aux États-Unis. La star hollywoodienne, dont on découvre à cette occasion l'homosexualité, est venue à Paris avec l'ultime espoir de pouvoir y être soigné. Ses médecins américains n'ayant plus de traitement à lui proposer lui ont parlé d'un protocole mis en place par les Français. Pour lui comme pour tant d'autres, expérimenter l'antirétroviral HPA-23 est une dernière lueur dans un ciel où rien ne brillait plus.

Le jour de son malaise au Ritz, il était donc attendu dans un autre hôpital pour y poursuivre son traitement. Quand il s'est réveillé à l'hôpital américain de Neuilly, il a révélé sa séropositivité au personnel soignant. Sa confession n'est pas restée secrète longtemps.

En quelques heures, l'hôpital américain et sa maternité se vident entièrement dans un élan de psychose. La direction de cet établissement réputé invite le malade à quitter les lieux dans les plus brefs délais. Face à la tornade médiatique qui s'abat sur lui, Rock Hudson décide de rentrer aux États-Unis. Aucune compagnie aérienne n'accepte de le prendre à bord d'un de ses avions. L'acteur doit affréter un 747 pour lui seul afin de regagner la Californie. Dès son arrivée, les médias américains se mettent à relayer en boucle la nouvelle de sa maladie. Les commentateurs se demandent notamment s'il n'a pas contaminé d'autres stars de l'époque lors de baisers de cinéma.

Rock Hudson est l'un des premiers artistes populaires à avoir rendu publique sa maladie. Aux yeux du monde, le sida trouve enfin un visage, celui d'une star déchue.

L'acteur décédera quelques semaines plus tard dans sa villa de Beverly Hills.

Quant aux essais thérapeutiques français concernant le HPA-23, ils seront abandonnés bientôt, faute de résultats satisfaisants.

LES AUTRES

Quelques mois après s'être péniblement remis de sa tuberculose, une pneumocystose obligeait Désiré à quitter de nouveau le village. À l'hôpital, les affections se sont multipliées. Il a développé une candidose de l'œsophage et attrapé des infections dues à des mycobactéries. Son système immunitaire dépassé était incapable de résister.

Ma grand-mère a repris ses visites aussi souvent que possible, assistant, impuissante, au terrible spectacle de la disparition de son fils. Son corps amaigri et pâle s'enfonçait peu à peu dans le blanc des draps de son lit médicalisé.

Disparu. Disparu, le garçon fêtard et insouciant, connu pour ses frasques nocturnes dans toute la vallée. Sa peau mate virait au blanc, son corps, autrefois enveloppé de vêtements apprêtés et soigneusement choisis, n'était plus fait que d'os. Son insouciance, sa manière de dévorer la vie, tout ce qui avait autrefois pu le démarquer de la rigueur de la famille, dévouée au travail, s'effondrait avec son système immunitaire. Peut-être serait-il bientôt temps de se dire au revoir. Je peine à croire que quiconque dans la famille ait osé se risquer à ce genre de discussion à cœur ouvert. Bien trop occupée à espérer que l'impossible finisse par se produire enfin, ma grand-mère ne lui parlait que de s'accrocher encore, pour sa fille, pour sa femme, pour eux, pour lui, le temps qu'on trouve enfin un remède contre sa maladie.

Cette fois, Désiré était hospitalisé dans une aile pluridisciplinaire spécialement dédiée aux patients atteints du sida. Les brimades qu'il avait connues dans d'autres services se faisaient plus rares. Cependant, des distinctions entre les malades pouvaient être opérées par certains. Quand ils ruinaient leurs efforts pour les remettre sur pied, les toxicomanes suscitaient moins de compassion. Les femmes séropositives, qui avaient réalisé leur désir de grossesse malgré les risques connus, laissaient aussi une grande partie du personnel perplexe. Au sein même de services consacrés aux malades qui en étaient atteints, le sida demeurait une maladie tout à fait singulière. Emprisonnée dans la vision morale qu'on avait d'elle, cernée par les notions de bien et de mal, accolée à l'idée de péché. Le péché intime d'avoir voulu vivre une sexualité libre, eu des relations homosexuelles, de s'être s'injecté de l'héroïne en intraveineuse, d'avoir caché sa séropositivité à ses partenaires, à ses camarades de seringue, d'avoir voulu satisfaire son désir d'enfant quand on se savait pourtant condamnée. Des malades étaient plus coupables que d'autres.

Le bien, le mal, les victimes, les coupables, les discours qui accompagnaient le sida s'imposaient jusque dans notre famille et la divisaient. Ma grand-mère dressait le portrait de trois victimes de la fatalité : son fils, sa belle-fille, sa petite-fille. Mon grand-père restait muré dans le silence. Les stéréotypes liés à la maladie l'étouffaient. En parler exigeait de convoquer des thèmes dont il ne maîtrisait pas le vocabulaire, qu'il n'avait pas le courage d'aborder. Fuyant cette atmosphère pesante, il se réfugiait à la boucherie. Peu importe que les villages qu'il continuait d'arpenter soient déserts, le travail était son échappatoire. Quant à mon père, dans le secret de sa colère la plus profonde, je crois qu'il avait établi une distinction fondamentale entre une petite fille victime et ses parents coupables. Coupables de lui imposer leur propre mort, si précoce, coupables de lui léguer leur sang pourri en héritage.

Les pouvoirs publics avaient tardé à prendre conscience de la tragédie qui se déroulait sous les néons des hôpitaux, laissant les malades et leurs proches en plein désarroi ; seules les premières associations tentaient de les accompagner. Il a fallu attendre la seconde moitié des années 1980, une éternité au regard de l'urgence sanitaire, pour que le ministère des Affaires sociales autorise la publicité sur le préservatif, la création de centres de dépistage anonyme et gratuit. Le premier spot publicitaire diffusé à la télévision n'évoquait même pas les modes de transmission du virus. En 1986, les rapports qui témoignaient du nombre considérable d'infections chez les usagers de drogues s'accumuleraient sur le bureau de Michèle Barzach, la ministre déléguée chargée de la Santé du gouvernement de Jacques Chirac. Ils faisaient état de pratiques à risque, on pouvait y lire qu'une même seringue était parfois partagée par plusieurs dizaines de personnes. Ce constat inquiétant mènerait à la loi de 1987 autorisant la libéralisation de la vente de seringues. L'année suivante, des centres d'information et de soins de l'immunodéficience humaine (CISIH) seraient créés dans les établissements hospitaliers. Il s'agissait de coordonner, au sein de services dédiés, une prise en charge globale, médico-psycho-sociale, des malades. De petites unités seraient ainsi mises en place avec un personnel formé.

À l'hôpital L'Archet, malgré l'augmentation inexorable de nouveaux patients atteints du sida, malgré les décès nombreux et réguliers, le personnel faisait preuve d'autant d'humanité que possible. Certains de ces aides-soignants, infirmiers et médecins étaient arrivés dans ce service un peu par hasard, à la fin de leurs études. D'autres avaient fait le choix d'y travailler par conviction personnelle, parfois après la perte d'un proche qu'ils auraient voulu aider davantage. Lorsque les décès étaient trop rapprochés, quand de nombreux malades se montraient trop agités, trop angoissés, des membres de l'équipe s'effondraient discrètement dans leur vestiaire, prêts à jeter l'éponge.

Pour mes grands-parents, ce service de l'hôpital, si éloigné du village et de ses ragots, apparaissait comme une parenthèse. Une pause durant laquelle il n'était plus question de mentir, de sauver une réputation qui n'avait plus aucun sens. Alors qu'on avait passé toute une vie à s'imposer comme des gens respectables dans l'arrière-pays, ici on se sentait proche de complets inconnus. Des homosexuels, des toxicomanes, des hémophiles, et leurs familles. Des gens qu'on n'aurait jamais eu sinon l'occasion de croiser durant une vie entière. Des inconnus qui traversaient la même épreuve que nous. Des inconnus dont on était soudain devenus autrement plus proches que certains membres de notre propre famille. Des inconnus qui présentaient trait pour trait le miroir de notre propre malheur. C'est seulement auprès d'eux que ma grand-mère aurait pu se libérer un peu de son déni, de sa solitude. Arrivant et repartant comme elle au gré des horaires de visite, se retrouvant devant le même distributeur de café, s'efforçant de tenir face à des diagnostics de plus en plus compromis, ces familles étaient bien les seules en mesure de la comprendre un peu. À force de se croiser dans le couloir du service, on se saluait en silence, d'un regard respectueux. Ces autres « nous » étaient aphones eux aussi, étouffés par des années de honte, d'humiliations et de chagrin qu'aucune molécule ne guérirait jamais.

CICLOSPORINE

Le mardi 29 octobre 1985 à 16 heures, trois médecins de l'hôpital Laennec donnent une conférence de presse à Paris. L'événement est retentissant, d'autant plus qu'il est organisé par le ministère des Affaires sociales. Il rassemble des dizaines de journalistes de télévision, de radio et de presse écrite. Dans un amphithéâtre bondé, les trois praticiens expliquent qu'ils ont obtenu des résultats prometteurs sur des malades atteints du LAV en leur administrant de la ciclosporine. Il s'agit d'un médicament utilisé pour réduire les risques de rejet lors des transplantations d'organes.

Aussi surprenant que cela puisse paraître, l'idée est de frapper ce qui reste du système immunitaire des patients. Ce traitement par immunodépresseurs a été expérimenté la semaine précédente avec succès chez deux personnes : un homme de trente-cinq ans et une femme de vingt-huit. Le nombre de lymphocytes T4 de ces deux malades a connu une brusque et nette augmentation à la suite de l'administration du produit.

L'information est relayée par les grands quotidiens nationaux et les chaînes de télévision, le soir même.

À Pasteur, comme à la Pitié-Salpêtrière, on peine à cacher sa circonspection. À l'heure de cette conférence de presse, on travaille dans une atmosphère particulièrement difficile. 70 % des lits de l'Institut sont occupés par des malades du sida. On compte en moyenne trois décès par semaine. Les lits libérés sont immédiatement occupés par de nouveaux patients dont on sait la fin proche. À la Pitié-Salpêtrière, l'affluence est telle qu'il arrive qu'on renvoie chez eux des malades qui se présentent au service des admissions avec 40° de fièvre. Faute de place, on leur demande de revenir si la fièvre atteint 41°.

À Pasteur, dès septembre 1983, on avait songé à tester la ciclosporine dans la lutte contre le sida. En collaboration avec leurs collègues américains et ceux de l'hôpital Saint-Louis, David Klatzmann et les pasteuriens avaient tenté d'observer in vitro l'effet de la ciclosporine sur des lymphocytes T4 infectés par le virus. Ils n'avaient pas poussé ces recherches plus loin, faute de résultats satisfaisants.

David Klatzmann est très étonné par cette conférence de presse. En plus de contredire ses propres analyses, les résultats sur lesquels s'appuient les trois médecins de Laennec lui semblent très fragiles. Non seulement le produit n'a été administré qu'à deux malades, mais en plus cela ne fait qu'une semaine que leur traitement a commencé. Pourquoi communiquer si vite ? Comment se fait-il que le gouvernement lui-même, par l'intermédiaire de sa ministre de la Santé, donne un tel crédit à cette expérience ?

Klatzmann et ses confrères ne le sauront jamais.

Quelques jours après cette annonce fracassante, les deux patients traités à la ciclosporine décèdent. Avec eux succombent les espoirs de nombreux malades et de leurs familles qui, dans ce climat morbide, s'étaient raccrochés aux promesses fantaisistes de trois médecins imprudents.

PLOMBÉ

Dans ses dernières semaines de vie, Désiré était bien conscient de ce qui le guettait. Les traitements ne servaient plus qu'à soulager sa douleur. Il avait vu trop de gens mourir ici pour ignorer qu'il arrivait au terme de sa chute.

Les visites à son chevet se faisaient toujours plus rares. Hormis celles de Louise et de Brigitte qui s'y relayaient. Émile venait parfois le dimanche après-midi. Mon père ne descendait jamais à l'hôpital, quel que soit l'état de son frère. La plupart des amis de Désiré non plus. Ils ne se pressaient pas pour assister au spectacle du sort qui les guettaient eux-mêmes. Au village, certains ne le savaient même pas malade, grâce à l'embargo de ma grand-mère. Seuls les plus proches étaient vraiment au courant.

Quand Brigitte voulait lui redonner un peu d'espoir, mon oncle flanchait. « Cette fois, je ne m'en remettrai pas. C'est pas tant pour moi que ça m'ennuie, c'est surtout pour Émilie. J'aurais voulu qu'elle ait son père au moins jusqu'à ses dix-huit ans. Si elle n'avait pas été là, y a longtemps que je serais allé m'acheter trois ou quatre grammes de bonne blanche et que je me les serais shootés d'un coup. Bam. Terminé. Au moins, je ne serais plus ici, à cracher mes poumons devant des toubibs qui me regardent de travers et des infirmiers qui veulent même pas me toucher. »

Désiré était de plus en plus indifférent à son sort, beaucoup plus concerné par celui de Brigitte et d'Émilie. Peut-être espérait-il qu'elles auraient le temps de bénéficier d'un traitement. Sans doute rêvait-il de recommencer sa vie avec elles, sans la drogue, les seringues et la maladie.

Les archives familiales ont censuré la fin de sa vie. Tout ce qui se dirait désormais, c'est qu'il est mort un matin d'avril 1987 d'une embolie pulmonaire. C'est ce que ma grand-mère répondait quand on lui demandait la cause de la mort de son fils. Elle présentait une conséquence de sa maladie comme l'unique raison de son décès. Peu importe qu'il s'agisse d'une vérité partielle. Pour elle, ce serait longtemps la seule vérité du décès de son fils. Une vérité totale.

La honte que ma grand-mère avait endurée jusqu'à ce sinistre jour n'a pas cessé avec l'activité respiratoire, cardiaque et cérébrale de son fils. Louise a vite découvert qu'il lui faudrait supporter encore d'autres humiliations. On a refusé d'abord d'habiller le défunt avec la tenue que ses proches avaient rapportée du village pour l'occasion. Peu de temps avant la mort de Désiré, un arrêté avait été promulgué qui interdisait de manipuler les morts du sida. Les employés des pompes funèbres refusaient de le faire de toute façon. Non seulement mon oncle ne serait pas changé avant d'être inhumé, mais il ne serait pas maquillé non plus. On ne pratiquerait sur lui aucune opération pour ralentir la décomposition de son corps. Les réclamations de ma grand-mère se sont ainsi heurtées à la loi. Prisonnier de son cercueil plombé, personne n'a pu le revoir une dernière fois. La terre elle-même se garderait de le toucher pour le rendre à la poussière à laquelle on se croyait pourtant tous promis.

Mon unique souvenir de Désiré date de quelques mois avant sa mort. C'est une scène très brève. Il est alité dans une chambre d'hôpital où ma grand-mère nous avait conduits, mon frère, Émilie et moi. Je ne me souviens que de son sourire épuisé derrière sa moustache et d'un corps faible, caché sous les draps. Je nous revois discuter un peu avec lui avant de l'embrasser chacun notre tour.

Mon frère m'assure n'en avoir aucun souvenir. Sa mémoire a conservé une autre image, celle d'un repas de famille chez nos grands-parents. Les adultes partagent un repas interminable pendant que les enfants jouent autour de la table basse du salon. Seul Désiré ne prend pas part aux discussions. Le regard dans le vague, enseveli dans un grand fauteuil en velours, il n'a même plus la force de manger et fait simplement acte de présence. Il n'a pas trente ans, et c'est lui, le grabataire de la famille. Ma grand-mère, qui refuse toujours d'admettre qu'il est condamné, insiste en vain pour qu'il avale quelque chose. Comme si ça pouvait le remettre sur pied.

Ces deux souvenirs et les quelques bobines de super-8 de notre père constituent tout ce qu'il nous reste de notre oncle.

Désiré fut inhumé sur les hauteurs du village quelques jours après sa mort. À la sortie de l'église, le cortège a sinué lentement jusqu'au petit cimetière. À l'écart de la famille, quelques-uns de ses amis, derrière leurs lunettes de soleil, peinaient à regarder le destin que le virus dessinait pour la plupart d'entre eux.

Le faire-part de décès publié la veille dans *Nice-Matin* ne mentionnait pas la cause exacte de la mort de mon oncle. Il disait seulement que ses parents Louise et Émile, son épouse Brigitte et sa fille Émilie, avaient « la profonde tristesse de vous apprendre la disparition de Désiré, âgé d'à peine trente ans, des suites d'une longue maladie ».

DEUXIÈME PARTIE

ÉMILIE

LA ROUTE

Tous les jours, peu importe qu'il pleuve, qu'il vente ou qu'il neige, un vieux C15 bleu descendait la route sinueuse de la vallée du Var jusqu'à Nice. Il ne remontait que tard dans la soirée. On reconnaissait au volant une dame à lunettes. Elle était si petite qu'elle avait du mal à apercevoir quelque chose de la route au-dessus du tableau de bord.

Ma grand-mère s'était levée bien avant l'aube pour que la boucherie soit prête à ouvrir à 7 heures précises. À midi, elle avait aidé mon père et mon grand-père à la fermer, avant la réouverture de 15 heures 30. Sans s'autoriser une minute pour déjeuner, elle prenait la route en début d'après-midi pour aller retrouver sa petite-fille à Lenval, l'hôpital pédiatrique.

Avec la grand-mère maternelle d'Émilie, Louise tenait à être présente tous les jours auprès de sa petite-fille chaque fois qu'elle était hospitalisée. Les deux femmes honoraient des promesses faites à Désiré et à Brigitte. Ces engagements leur avaient permis de ne pas sombrer à la mort de leur enfant. Pendant tout le temps qu'il leur restait à vivre, les deux grands-mères se soucieraient bien plus de leur petite-fille que d'elles-mêmes. Elles n'étaient pas du genre à se défiler. Après avoir veillé un fils et une fille malades durant plusieurs années, elles avaient un dernier combat à mener.

Émilie ressemblait aux enfants de son âge. Elle était inscrite à l'école du village, et rien ne la distinguait de ses camarades. Elle devait toutefois se rendre régulièrement à l'hôpital pour des consultations de suivi, des prises de sang. Au cours des premières années de sa vie, son état était satisfaisant. Il laissait s'exprimer l'espoir qu'elle appartenait à ces patients que l'on disait « porteurs sains », ceux qui ne développeraient jamais le sida. Ses deux grands-mères, des femmes de caractère, l'élevaient avec une énergie inépuisable. Louise la gardait pendant la période scolaire et son autre grand-mère durant les vacances. Elles avaient chacune transformé une pièce de leur maison pour l'accueillir.

À la boucherie, on avait aménagé une pièce du laboratoire en chambre. Sous un escalier, on accédait à une alcôve débordant de poupées, où Émilie jouait après l'école quand elle ne dévalait pas la rue du 4-Septembre à toute allure, assise sur un skate-board, avec les enfants du quartier. Ma grand-mère était soucieuse qu'elle ne se blesse, mais ne parvenait jamais à refréner son entrain.

Avec le temps, Émilie a été de plus en plus en proie à la fatigue. Elle maigrissait et développait des affections typiques de la maladie, qui lui imposaient des hospitalisations plus fréquentes, plus longues. Comme son père et sa mère avant elle, elle était peu à peu arrachée à sa vie quotidienne, à son village. Elle semblait rapetisser à mesure que les autres enfants grandissaient.

Quelques années après l'enterrement de ses parents, les médecins ne trouvaient toujours pas de molécule capable d'anéantir le virus dans ses veines. L'histoire se répétait. Le courage de ma grand-mère dépendait des bilans médicaux et de la combativité de sa petite-fille qu'elle entretenait avec des bonbons, des cassettes vidéo et des magazines. Peu importaient l'état des routes de montagne et sa propre santé, ma grand-mère n'aurait jamais manqué de rendre visite ne serait-ce qu'un seul jour à Émilie. Elle veillait à lui parler d'avenir, elle lui racontait qu'elle irait voir la mer, qu'elle ferait du ski et tout ce qu'elle voudrait, elle lui promettait tout ce qui lui permettait de s'accrocher à la vie. Il fallait tenir coûte que coûte jusqu'à la prochaine affection, espérer, attendre un remède. Louise restait au chevet d'Émilie jusqu'à la dernière minute autorisée, puis elle regagnait sa voiture. Elle avait encore une heure de route à faire. Soixante-cinq kilomètres de virages, de gorges et de pierres pour rejoindre le village. À la nuit tombée, elle se garait, épuisée, sur la place de l'Église déserte. Seule sa démarche, alors à l'abri des regards, trahissait peut-être un peu de son désespoir.

VIH-2

Les chercheurs français ont très vite pris conscience de la capacité de mutation du virus. Dès 1983, à l'hôpital Claude-Bernard, Christine Katlama, une infectiologue proche de Willy Rozenbaum, était restée perplexe face à l'un de ses patients. Un jeune homme, originaire du Cap-Vert, présentait des signes cliniques plaidant en faveur d'une contamination par le virus du sida. Il avait pourtant été déclaré négatif par les outils de dépistage de l'époque.

En 1985, elle se rapproche de Christine Rouzioux et de Françoise Brun-Vézinet pour réétudier ce cas. Elle compte sur les progrès des tests mis au point par ses collègues pour clarifier les choses. Là encore, malgré des symptômes de plus en plus clairs, les résultats des indicateurs sont négatifs.

Lors d'un congrès à Bruxelles, Christine Rouzioux entrevoit une explication. Elle assiste à la conférence d'un confrère, Francis Barin, qui partage son expérience et ses interrogations. Ce virologue de l'université de Tours suspecte l'existence d'un deuxième virus chez des prostituées sénégalaises. De retour à Paris, elle contacte Christine Katlama. Elle pense que son patient a peut-être été infecté par une seconde souche du virus, que l'on a fini par appeler VIH pour « virus de l'immunodéficience humaine ».

Cette même année, l'équipe de Luc Montagnier reçoit un appel de Lisbonne. Le docteur Maria Odette Santos Ferreira est confrontée à plusieurs cas de malades originaires du Cap-Vert et de Guinée-Bissau. Ils présentent tous les signes cliniques du sida, mais elle a beau multiplier les tests, les analyses sanguines de ces patients demeurent négatives. Pour éclaircir ce mystère, elle est invitée à rejoindre Paris au mois de septembre avec des échantillons sanguins.

À Pasteur, trois ans après la découverte du premier virus, ces échantillons permettent d'en isoler un second. Son séquençage dévoile un génome sensiblement différent du VIH tel qu'on le connaissait jusqu'alors et sur la base duquel les tests de dépistage ont tous été élaborés. Françoise Barré-Sinoussi met ce second virus en culture afin de l'étudier de plus près. Ses conclusions sont formelles : ce virus est différent, mais appartient bel et bien au même groupe que le VIH. Comme le pressentaient l'Institut ainsi que plusieurs scientifiques à travers le monde, le virus évolue. Il faut mettre au point de nouveaux tests susceptibles de déceler aussi bien la première que la seconde souche. Aidé par Françoise Barré-Sinoussi, Luc Montagnier constate que les personnes infectées par le VIH-2 développent elles aussi la maladie.

Christine Katlama et Françoise Barré-Sinoussi s'envolent peu après pour le Cap-Vert afin d'observer l'ampleur de l'épidémie sur place. Elles découvrent une précarité sanitaire extrême et des infrastructures médicales fragiles qui favorisent la propagation du virus. Très vite, il apparaît que le foyer principal de cette seconde souche serait l'Afrique de l'Ouest.

Le mercredi 27 janvier 1988, le CDC d'Atlanta annonce qu'un premier cas de sida VIH-2 a été détecté à Newark, dans le New Jersey. Il s'agit d'une jeune femme originaire d'Afrique de l'Ouest.

L'ÉCOLE

Bien que sa santé l'obligeât à naviguer entre sa famille et l'hôpital, Émilie était toujours scolarisée à l'école du village. Sur les photos de cette époque, elle pose, heureuse, avec les autres enfants. En classe, on se montrait bienveillant avec elle. On veillait à ce qu'elle reste intégrée au groupe malgré ses absences répétées. Son dossier scolaire contenait une note des médecins qui expliquait la conduite à observer en cas de blessure, de fatigue ou de malaise. Aucun enseignant n'a jamais commis d'indiscrétion à propos de sa santé. Mais dans une si petite commune, après la mort précoce de ses parents, le secret de son sang ne pouvait éternellement se garder.

Quand elle était à la maternelle, une femme a fait circuler une pétition parmi les parents d'élèves. Elle avait un fils dans la même classe qu'Émilie et demandait que la petite fille ne fréquente plus l'école. Le document qu'elle avait rédigé expliquait qu'on éviterait ainsi tout risque de contamination. Cette année-là, son instituteur assurait également la fonction de directeur. Il n'a cédé à aucune pression. Il a assuré qu'Émilie ne mettait en péril la sécurité de personne, qu'elle avait toute sa place en classe, avec les autres élèves. Jamais ma cousine n'a été informée de cette volonté de l'exclure de l'école. L'épisode a scandalisé mes parents et mes grands-parents. Ils ont découvert à cette occasion combien il serait difficile de protéger Émilie dans les années à venir.

À l'école primaire, des camarades avec lesquels elle jouait depuis toujours se sont un jour brusquement éloignés d'elle. Leurs parents avaient discuté devant eux, et ils ont exclu Émilie de leurs jeux. Quand elle a insisté pour reprendre sa place dans le groupe, ils lui ont rétorqué qu'elle avait le sida, qu'ils ne voulaient pas d'elle parce qu'elle était contagieuse. Non seulement ma cousine n'a pas compris en quoi elle était concernée par ces histoires, mais elle n'avait sans doute jamais entendu prononcer le nom de cette maladie ailleurs qu'à la télévision. Ses camarades se sont chargés de lui expliquer. C'était une maladie grave, mortelle même. Sa mère et son père l'avaient attrapée en se droguant, ils étaient morts du sida et le lui avaient transmis avant de mourir. Paniquée, Émilie a reconnu qu'elle était plus fragile que les autres, qu'elle était souvent malade, qu'elle devait aller à l'hôpital pour recevoir des soins, mais tout ça n'avait rien à voir avec le sida. Comme on le lui répétait à la maison, elle serait bientôt guérie. Malgré ses dénégations, aucun des enfants n'a accepté de croire ce jour-là au récit que sa famille avait bâti pour rendre son histoire supportable.

Émilie est rentrée chez sa grand-mère en pleurs et lui a raconté tout ce qui s'était passé. Une colère sans nom s'est emparée de Louise. Une fois sa petite-fille rassurée à grand renfort d'euphémismes, elle s'est saisie de son téléphone. L'annuaire rassemblait en une page et demie les coordonnées de la quasi-totalité des habitants du village. Avant même que sa petite-fille ne sèche ses larmes, Louise a appelé les parents de ses camarades de classe pour exiger des excuses. Elle a hurlé, les a sommés de venir expliquer à sa petite-fille qu'ils s'étaient tous trompés, qu'elle n'était pas contagieuse, qu'elle n'avait pas le sida et qu'elle serait bientôt guérie.

Quelques heures plus tard, plusieurs familles embarrassées se présentaient à la porte. C'était le dernier combat de ma grand-mère : protéger sa petite-fille de la réalité. Elle était impuissante face à l'avancée inexorable de la maladie, elle ne se battait plus que pour préserver ce qui pouvait l'être encore : les apparences d'une vie normale pour Émilie.

HIV 87

En juillet 1987, l'essai thérapeutique HIV 87 débute à Paris. Il inclut 1 650 patients et se donne pour ambition d'interroger l'efficacité et la toxicité d'un produit dont on attend alors beaucoup, le diéthyldithiocarbamate de sodium.

En 1983, l'expérience INIT 83 avait consisté à administrer ce médicament, connu aussi sous le nom d'Imuthiol, à six patients. Les premiers résultats avaient été prometteurs. Des essais incluant progressivement de plus grandes cohortes de patients s'étaient alors succédé en Europe et aux États-Unis.

L'essai HIV 87 est le plus ambitieux d'entre eux. L'Imuthiol sera administré une fois par semaine pendant deux ans à des personnes séropositives volontaires. Tout au long de l'essai, les scientifiques se concentrent sur trois critères d'observation : la progression clinique de l'infection, la mortalité et l'évolution des lymphocytes T4.

Comme souvent, la moitié de la cohorte de patients reçoit un placebo.

Le 27 mars 1991, les résultats d'une étude conduite par le professeur Evan Hersch, jugés encourageants, sont publiés dans le prestigieux *Journal of the American Medical Association*. Ils sont relayés par la presse du monde entier. Le laboratoire Pasteur-Mérieux annonce dans la foulée avoir été autorisé par le ministère français de la Santé à distribuer le produit qui concentre alors tous les espoirs.

Mais quatre mois plus tard, en dépit des premiers chiffres publiés dans la revue américaine, le risque de progression de l'infection se révèle finalement supérieur chez les patients traités à l'Imuthiol que chez ceux qui ont reçu un placebo. On ne constate pas de différence significative dans l'évolution du nombre de lymphocytes T4 entre les deux groupes de patients. La déception est d'autant plus grande que l'essai s'était appliqué à suivre les malades sur un temps relativement long.

Le 23 juillet 1991, Pasteur-Mérieux annonce unilatéralement, par la voie d'un communiqué de presse, sans prévenir les cliniciens ni les malades, que la distribution du produit est suspendue. Dès le lendemain, les lignes téléphoniques de Sida Info Service sont saturées d'appels de patients inquiets des effets potentiellement dangereux du produit qu'ils ont pris pendant des mois. Les malades et leurs familles, déçus des attentes que l'Imuthiol avaient fait naître en eux, se sentent abandonnés. Parmi les associations de lutte contre le sida qui s'insurgent alors, l'une d'entre elles se montre particulièrement active, Act Up Paris, créée deux ans auparavant, sur le modèle d'Act Up New York, par Didier Lestrade. Ce dernier déplore qu'aucune conférence de presse ouverte aux journalistes et aux représentants des associations n'ait été organisée pour expliquer cette suspension brutale de l'Imuthiol.

La surprise est d'autant plus grande que l'expérimentation du produit, dont on n'avait jamais établi l'efficacité in vitro, a duré près de huit ans. Huit ans d'attente, d'interrogations et d'espoirs vains, cristallisant la souffrance de patients qui n'en finissent plus de désespérer.

SILENCE

Dans la famille, comme on avait tu la maladie de Désiré, on ne parlait pas davantage de celle de sa fille. Ses parents désormais endormis pour toujours, personne ne nommait jamais le mal qui rôdait dans les veines d'Émilie. Tous y pensaient certainement chaque jour, le regard dans le vague, à la lueur d'une fenêtre. En silence, on appréhendait l'avenir. On tâchait d'improviser une réponse à chacune des questions de la petite fille. Des questions de plus en plus insistantes au fur et à mesure qu'elle grandissait, que le virus s'éveillait. Fixant les portraits de ses parents posés sur les meubles de sa chambre, Émilie commençait à formuler des interrogations précises. Malgré son envie de comprendre et les rumeurs qui circulaient à l'école, la famille tenait bon.

Le samedi soir, mon frère et moi allions parfois dormir chez nos grands-parents quand nos parents sortaient dîner chez des amis. Ma mère nous déposait en fin de journée à la boucherie. Elle repartait avec mon père, une fois le rideau baissé. Pendant que nous nous amusions avec Émilie dans le laboratoire, ma grand-mère préparait le dîner et mon grand-père nettoyait le magasin pour la réouverture du dimanche matin. Nous dînions dans la cuisine aménagée dans l'arrière-boutique avec mes grands-parents et Émilie, ravie d'avoir un peu de compagnie.

Après le repas, nous nous rendions à pied jusqu'à la « remise », la maison de mes grands-parents. Avant de nous glisser sous une couverture et de nous endormir devant une cassette vidéo de Walt Disney, nous profitions du trajet pour admirer les étoiles. Émilie montrait souvent du doigt deux étoiles parmi les plus brillantes. Elle disait qu'il s'agissait de ses parents qui nous observaient depuis là-haut. Quand je faisais remarquer que cette théorie ne collait pas avec ce que nous avions appris à l'école à propos des étoiles et du système solaire, ma grand-mère confirmait la version d'Émilie. C'était le mythe familial concernant l'histoire de ses parents. On lui avait expliqué qu'ils étaient tombés malades jeunes et s'en étaient allés rejoindre les astres au-dessus des montagnes noires dans le bleu des nuits d'été.

Un jour que nous crachions depuis le pont qui traverse le fleuve avec mon frère et un ami pour tuer le temps, celui-ci nous a parlé de notre cousine. Il se demandait si nous savions qu'elle avait le sida. Cette question m'a révolté. Ce n'était pas la première fois que j'entendais ce mot, mais il était toujours associé à des homosexuels ou à des toxicomanes. Ma réponse a été catégorique, ma cousine n'était ni homosexuelle ni droguée. Elle n'avait pas le sida. J'ai prêché le sermon familial : elle avait une maladie grave qu'on finirait par soigner. J'ai perçu une sorte de gêne dans le regard de mon ami. Non seulement il ne me croyait pas, mais il semblait désolé, navré, que je sois l'un des derniers à croire en mon histoire.

En arrivant chez moi, j'ai déboulé dans la cuisine pour raconter cette étrange discussion à ma mère. Après un long soupir, elle a posé son couteau de cuisine et, sans détourner les yeux du plan de travail, elle m'a répondu que oui. Émilie avait le sida. Mais, bien que ce fût tout à fait vrai, il ne fallait le lui dire sous aucun prétexte. Cela ne servirait à rien qu'elle le sache maintenant, après toutes ces années de lutte. Ça ne ferait que l'effrayer, la désespérer. On avait besoin qu'elle se batte encore, qu'elle ne baisse pas les bras. C'était le genre de maladie qui dévore d'autant plus vite qu'on s'abandonne à elle. J'ai objecté à ma mère, comme je l'avais fait quelques minutes auparavant avec mon camarade, que ma cousine ne pouvait pas avoir attrapé le sida à son âge, elle n'était ni homosexuelle ni droguée. Ça n'avait aucun sens.

Elle l'avait attrapé par ses parents. C'est ce que ma mère m'a expliqué. Désiré et Brigitte se droguaient avec des seringues. C'est avec ces seringues qu'ils avaient été contaminés. Et quand Brigitte était tombée enceinte, elle avait transmis la maladie à Émilie.

En trois phrases, ma mère venait de me donner ma part d'héritage du fardeau familial. Ces réponses ont amené avec elles des océans de questions que je ne pouvais pas lui poser. Elle était épuisée par ce qu'elle venait de révéler. Mes souvenirs prenaient un sens différent : la maigreur de Brigitte, les dernières fois que nous l'avions vue au village, celle de Désiré sur les photographies de famille, la mâchoire crispée de mon père à propos d'Amsterdam, l'inquiétude de ma mère chaque fois qu'Émilie se blessait en jouant dans le jardin, son angoisse devant ce sang qui coulait, ces blessures qu'il fallait faire cicatriser coûte que coûte.

CONCORDE

En 1987, une étude américaine met en évidence l'efficacité de l'AZT sur les patients en phase avancée de sida. Mais en France et au Royaume-Uni, on reste réservé quant à l'efficacité de cette molécule, notamment sur les personnes séropositives dites asymptomatiques, celles qui n'ont pas encore développé la maladie. Bien sûr, l'étude américaine montre une nette remontée du nombre de lymphocytes T4 chez la majeure partie de ces patients. Mais on manque de recul et d'études chiffrées pour interroger l'efficacité de l'AZT à long terme sur la mortalité des malades.

En 1988, des chercheurs français et britanniques lancent un essai inédit, l'essai Concorde, qui constitue l'expérience sur la plus grande cohorte de sujets jamais retenue pour évaluer le produit. Concorde entreprend d'étudier l'évolution de l'infection au VIH chez 1 749 personnes séropositives réparties dans des hôpitaux français et britanniques. Le but est de tester les effets de l'AZT au long cours. Cette entreprise colossale durera plus de cinq ans.

De leur côté, les Américains regardent de haut cette expérience européenne basée sur une méthodologie lente et des indicateurs qu'ils jugent dépassés.

Dans les laboratoires français et britanniques, on forme deux groupes de patients. En phase asymptomatique, ceux du premier recevront de la zidovudine, c'est-à-dire de l'AZT, et ceux du second n'auront droit qu'à un placebo. Lorsque l'apparition de la maladie sera effective chez un patient, on lui administrera de la zidovudine quel que soit son groupe d'appartenance.

Le 2 avril 1993, la revue *The Lancet* publie les résultats de Concorde. Ils marquent la fin d'un doute dans lequel s'étaient réfugiés les espoirs de nombreux malades. Les chiffres sont implacables : après cinq ans de traitement, malgré une augmentation notable du nombre de lymphocytes T4 dans le sang des malades, le décès est survenu chez 8 % des personnes du premier groupe, traitées immédiatement à l'AZT, et chez 7 % de celles du second groupe, traitées plus tardivement. Le verdict est clair : on note une absence de bénéfice significatif chez les personnes asymptomatiques traitées précocement. Contrairement à une idée répandue, l'AZT prescrit en amont de la maladie ne ralentit pas l'évolution du virus et ne prolonge pas la durée de vie. Surtout, les effets toxiques de la molécule sont confirmés. Son image de produit miracle s'éloigne.

Burroughs Wellcome, qui cherche à remettre en cause le sérieux de l'essai Concorde, voit la valeur de ses actions boursières s'effondrer en quelques minutes.

En France, le tollé est d'autant plus retentissant que ce sont les médias qui, relayant l'information de *The Lancet*, alertent les quelque 14 000 Français traités à l'AZT, avant même que l'ANRS, l'Agence nationale de recherches sur le sida, n'ait eu le temps de publier le moindre communiqué.

Après les échecs successifs du HPA-23, de l'Imuthiol, et le retrait précipité de ce dernier du marché, le désespoir va grandissant.

L'IMPASSE

C'est l'année des dix ans d'Émilie, en 1994, que le basculement que toute la famille redoutait depuis sa naissance a eu lieu. Le virus endormi ne s'était pas réveillé du jour au lendemain. Cela faisait plusieurs années que ses attaques se faisaient plus violentes et régulières. Mais c'est à l'aube de cette courte décennie de vie qu'il a pris l'ascendant sur l'enfant.

Les soignants avaient été satisfaits jusque-là des résultats de leurs prescriptions d'AZT. Sans être encourageants, leurs bilans montraient une certaine efficacité du produit. La molécule semblait préserver le système immunitaire d'Émilie. Mais, chez elle comme chez tant d'autres, l'effet de la zidovudine avait finalement été anéanti.

Les médecins ont annoncé à la famille qu'il n'existait aucun autre traitement. La seule chose à faire était de soulager les souffrances de l'enfant. On arrivait au bout de l'impasse, les soignants face aux proches, les proches face à la petite fille. La famille ne maîtrisait pas grand-chose en virologie, mais tous avaient bien compris. C'était la troisième fois que cette tragédie se jouait parmi les leurs. Peu importaient les progrès de la recherche, Émilie était promise au même sort que son père et sa mère.

Il a alors fallu trouver une raison de se battre avec elle, une raison d'y croire. Pas tant parce qu'il devait y en avoir une quelque part dans la galaxie, mais parce qu'on n'avait plus d'autre choix. La situation exigeait d'espérer dans un univers sans espoir, de prévoir dans un monde sans avenir, de se battre dans un monde sans victoire. C'était à cela qu'on était désormais condamné : agir en vain.

Personne ne s'est dérobé. Tous se sont montrés héroïques. Pas au sens où les films américains aiment à l'entendre. Chacun a joué jusqu'à la fin son rôle de personnage modeste, impuissant, dans une intrigue absurde, sans enjeu. Un monde où il n'y avait plus rien à sauver. Ma grand-mère s'est faite plus présente que jamais auprès de sa petite-fille. Mon grand-père se rendait lui aussi le plus souvent possible à son chevet, délaissant pour Émilie les tournées qui lui avaient permis jusque-là de tenir le coup. Mes parents, mes oncles et ma tante, chacun à tour de rôle, descendaient à Nice après leur travail pour être avec elle. Dans sa chambre d'hôpital, tous tâchaient de l'encourager à manger et s'attachaient à lui parler d'avenir. Ils ne rentraient au village que tard dans la nuit, assommés de fatigue et de désespoir. Tous pourtant, comme le personnel soignant et les amis proches, n'étaient plus habités que par une certitude, celle de la défaite.

Impressionnés par sa maladie, mon frère et moi refusions de nous rendre à son chevet. Nos parents étaient déchirés. Ils souhaitaient à la fois nous protéger et permettre à Émilie de revoir ses cousins. Pendant un temps, mon père a trouvé un moyen de nous y contraindre. Il nous proposait chaque dimanche de l'accompagner au cinéma à Nice. Comme il n'y avait qu'une projection par semaine dans la salle polyvalente du village, le plus souvent d'un film pour adultes, sa proposition ne pouvait que nous séduire. Une fois la séance terminée, quand notre voiture sortait du parking souterrain, il nous annonçait que nous devions profiter de l'occasion pour rendre visite à notre cousine. Mon frère et moi ne pouvions plus nous extraire du piège de sa vieille Ford qui longeait la promenade des Anglais jusqu'à l'hôpital. Dans l'ascenseur qui montait lentement les étages, je cherchais le regard de mon père pour lui parler des yeux. Je le suppliais de renoncer.

Au fil des semaines, mes parents ont compris combien la situation était difficile pour nous également. Ils ne nous ont plus obligés à aller voir notre cousine. Quelquefois, mon père nous emmenait tout de même au cinéma avant de prendre le chemin de l'hôpital. Une fois dans le service d'Émilie, il nous autorisait, avec un soupir de déception, à l'attendre devant les ascenseurs. Il rejoignait alors une chambre dont nous n'apercevions que la porte, à quelques mètres de là. Tout le temps que durait sa visite, nous gardions notre regard honteux vissé sur nos baskets.

La dernière fois que nous sommes allés à l'hôpital, je me souviens que nous avons rencontré la grand-mère maternelle d'Émilie. Elle venait de quitter sa petite-fille pour la laisser discuter avec son oncle. Surprise de nous trouver là, elle nous a conjurés, comme notre père avant elle, de nous rendre au chevet de notre cousine. Je me souviens de deux gamins encore plus intimidés qu'ils ne l'étaient par la demande de leur père, refusant de la tête, mutiques et acculés contre la porte de l'ascenseur.

Sur le trajet du retour, personne ne parlait. Nous profitions de la route pour écouter des stations de radio qu'on ne captait pas au village. Parfois un vieux sketch de Coluche arrachait à mon père l'éclat de rire qui nous délivrait enfin : « Putain mais qu'il est con, lui, alors ! »

La fréquence se perdait à l'approche des gorges et le silence reprenait le dessus. On ne distinguait plus que de la nuit et des chapelets de lampadaires disséminés dans les masses noires des montagnes. Pour déchirer le mutisme dans lequel nous avions sombré, j'interrogeais mon père sur la fonction d'un voyant sur le tableau de bord ou sur le nom d'un village qui scintillait au loin. Ses phrases s'allongeaient au fur et à mesure des questions. Il nous expliquait le fonctionnement d'une voiture et finissait par raconter ses souvenirs de jeunesse lorsqu'il accompagnait son père dans ses tournées en camion. Ses mots nous réchauffaient. Nous l'écoutions, le visage appuyé contre la vitre. Ce genre de discussion était notre manière de reprendre le contact, de regagner l'ordinaire de la vie après nous être confrontés à quelque chose qui ressemblait terriblement à la mort.

Avec la dégradation de sa santé, les allées et venues d'Émilie entre le village et l'hôpital se sont interrompues. La petite fille ne quittait plus Lenval, pas même pour les grandes occasions, les fêtes de famille, les anniversaires. L'hôpital pédiatrique était devenu son dernier territoire, sa maison, son école, son univers tout entier. Un univers minuscule, des fenêtres duquel elle apercevait le trafic sur la promenade des Anglais, les promeneurs insouciants, et puis la mer écrasée d'azur. Le monde continuait sa course, mais il lui était désormais inaccessible et indifférent.

Un jour, alors qu'elle interrogeait encore la famille sur l'origine de sa maladie, elle a murmuré dans un soupir que si ses parents n'avaient pas fait de « bêtises », elle n'aurait jamais eu à endurer tout cela. Qu'avait-elle vraiment compris ? Tout, sans doute. Elle avait dû se souvenir de ce qu'elle avait entendu à l'école et dans les rues du village. Dans le secret de sa chambre médicalisée, toutes ces histoires avaient fini par refaire surface.

Comme toute forme de traitement à visée thérapeutique avait été abandonnée, on donnait à Émilie de plus en plus de produits pour l'aider à supporter ses souffrances. Son visage enflait à cause de certains d'entre eux. Les médicaments qu'elle prenait étaient si nombreux qu'ils ont eu raison du peu d'appétit qu'il lui restait. Elle maigrissait encore et encore.

Elle demandait souvent à voir ses cousins qui ne venaient plus. Les plus jeunes risquaient d'introduire dans sa chambre une maladie anodine qui aurait pu lui être fatale. Les plus grands, malgré les suggestions répétées de leurs parents, étaient pétrifiés de ne plus apercevoir en elle que le fantôme de la cousine qu'ils avaient connue.

DELTA

Au début des années 1990, on cherche des traitements plus efficaces que l'AZT qui provoque des effets secondaires lourds. Dans le monde entier, des scientifiques profitent de l'arrivée de nouvelles molécules sur le marché pour les tester contre le virus. Ces expériences sont très attendues après les résultats de l'essai Concorde qui ont anéanti les espoirs des malades.

L'AZT n'est pas abandonné pour autant. Malgré ses effets secondaires, le produit a prouvé sa capacité à faire remonter le nombre de lymphocytes T4 des patients et à maintenir, de manière transitoire, leur système immunitaire. On continue donc de le prescrire, en en diminuant toutefois les doses. Celles homologuées jusqu'ici, faute d'études précoces, étaient trop importantes, décuplant les effets secondaires sans améliorer les bénéfices pour les malades. On cherche désormais à l'associer à d'autres substances afin de combler ses lacunes.

C'est dans ce cadre que Christine Katlama, avec l'aide de confrères de l'hôpital de la Pitié-Salpêtrière, expérimente une association d'AZT et de 3TC. Cette molécule est alors sur le point d'être abandonnée par le laboratoire Glaxo Wellcome (fusion des laboratoires Burroughs Wellcome et Glaxo). Elle ne montre pas d'effet notable sur les lymphocytes T4. Pourtant, après un premier essai in vitro dans les laboratoires de l'institution parisienne, les résultats sont bien là. En culture virologique, l'association AZT-3TC opère.

Christine Katlama est partisane d'essais thérapeutiques relativement souples pour gagner du temps. Elle réussit à convaincre Glaxo Wellcome de ne pas abandonner la production de 3TC afin de réaliser un essai d'envergure sur des patients volontaires.

Au bout de six mois de traitement, la mortalité de ses malades diminue et leur état de santé s'améliore légèrement. Quand elle présente ces résultats en congrès à Glasgow, la jeune infectiologue voit dans le regard de son auditoire renaître une lueur d'espoir.

C'est à la même période que débute l'essai Delta. Jean-Paul Lévy et Maxime Seligmann prennent la direction de cette expérience qui associe l'ANRS française et le Medical Research Council anglais. Là encore, il s'agit d'associer l'AZT avec une autre molécule, la ddI ou la ddC, sur plus de 3 000 patients, malades déclarés ou asymptomatiques.

Le premier groupe, baptisé Delta 1, compte 1 083 patients dits naïfs, parce qu'ils n'ont jamais été traités à l'AZT par le passé. Le second, Delta 2, compte 2 131 patients non naïfs, qui ont déjà expérimenté l'antirétroviral. Après vingt-six mois de traitement, les résultats exposés le 13 septembre 1995 sont si lourds d'enseignements que le comité de pilotage, les estimant suffisants, recommande aussitôt l'arrêt de l'essai.

On note d'abord qu'il y a eu une forte tendance à l'interruption du traitement dans chacun des groupes. L'AZT seul était déjà un produit particulièrement lourd en termes d'effets secondaires. Associé à une autre substance, ces effets sont encore plus difficiles à supporter pour les malades. Près de deux tiers des patients ont abandonné l'expérience en cours de route, en grande partie de leur propre chef. Néanmoins, on remarque dans le groupe Delta 1 une nette diminution de la mortalité chez ceux qui ont pu continuer la bithérapie. La mortalité semble reculer de 38 % chez eux. Dans le groupe Delta 2, les résultats sont beaucoup moins satisfaisants. Aussi bien sur la mortalité que sur la durée de vie des patients, on ne constate presque pas de supériorité de la bithérapie chez des patients qui avaient déjà pris de l'antirétroviral.

L'expérience Delta ainsi que celle de la Pitié-Salpêtrière prouvent l'importance d'une prescription de l'AZT en association, plutôt qu'en monothérapie. Pour la première fois, des études solides confirment qu'une association de la zidovudine avec une autre molécule retarde les complications liées à l'infection et prolonge sensiblement l'espérance de vie des patients.

DIEU LE PÈRE

Je ne sais pas si ma mère a cru un jour en Dieu. Je ne pense pas qu'elle y soit parvenue. Ses rares bribes de foi se sont heurtées à la réalité du monde. C'est d'ailleurs mon frère et moi qui avions souhaité être inscrits au cours de catéchisme hebdomadaire que donnait le prêtre du village pendant la cantine. La plupart de nos camarades s'y rendaient et nous nous retrouvions un peu seuls dans la cour de l'école.

Je me souviens des leçons qui se déroulaient toujours selon le même schéma. Le prêtre commençait par nous raconter un passage de la Bible ou une histoire religieuse, puis il nous distribuait un dessin à colorier qui illustrait son récit. Une fois, il nous a parlé de Lourdes. Cette source miraculeuse nous passionnait d'autant plus qu'elle semblait toujours en activité, à seulement quelques centaines de kilomètres de chez nous.

Le soir même, je me suis précipité vers ma mère qui rentrait de son travail. Je lui ai raconté l'histoire de cette grotte où coulait une source, située dans une petite ville des Pyrénées qui s'appelait Lourdes. Elle avait le pouvoir de guérir les maladies dont on ne guérissait pas. Des gens y étaient arrivés avec des béquilles et en étaient repartis en courant. Ma mère a commencé par m'écouter d'un air distrait, tout en rangeant ses courses dans les placards de la cuisine. C'est quand j'ai suggéré d'y amener ma cousine pour la guérir qu'elle n'a plus pu garder son calme. Elle a répondu qu'elle en avait bu des litres et des litres de l'eau de Lourdes, Émilie. Que chaque fois que des gens du village se rendaient là-bas pour une raison ou pour une autre, ils rapportaient pour elle une bouteille en plastique en forme de Vierge remplie de cette eau et que ça n'avait jamais servi à rien. C'étaient des conneries.

J'ai baissé la tête et suis retourné à mes devoirs. Elle m'a rattrapé dans le couloir pour s'excuser de son agacement. C'était une idée louable et bienveillante, mais on avait déjà essayé. Elle a ajouté que c'était gentil d'y avoir pensé.

Durant mon enfance, j'entendais souvent ma mère dire que ce n'était pas le moment de lui parler de Dieu, que toutes les bondieuseries du monde n'avaient rien changé à l'agonie de mon oncle, de ma tante et de ma cousine. Elle disait que si un Dieu existait quelque part, il n'aurait jamais laissé faire cela. Elle ne dérogeait à ces considérations que lors des enterrements, quand le chagrin la poussait à une sorte de mysticisme bien à elle. Un soir, devant la télévision, elle a traité le pape d'« abruti ». Jean-Paul II venait de déconseiller l'usage du préservatif en pleine pandémie de sida.

Lors du dernier été de ma cousine, elle nous réveillait pourtant à 9 heures du matin chaque dimanche. Elle nous demandait d'aller à la messe et de prier pour Émilie. Elle disait que ça ne servirait sûrement pas à grand-chose mais qu'il n'y avait guère plus que ça à faire.

TRANSMISSION MATERNO-FŒTALE

Les premières études françaises concernant les femmes enceintes séropositives débutent en 1987. Les mécanismes de la transmission materno-fœtale resteront longtemps énigmatiques pour les scientifiques et, de ce fait, très difficiles à enrayer.

En étudiant des prélèvements effectués sur des fœtus lors d'avortements précoces, on observe rarement des signes de l'infection. On suppose alors que la contamination se fait pendant le dernier trimestre de grossesse, plutôt que durant les premiers mois. Peu à peu, on identifie plusieurs autres occasions au cours desquelles le virus pourrait passer de la mère à l'enfant : lors du travail qui précède l'accouchement, lors de l'expulsion, et enfin pendant l'allaitement.

Au début des années 1990, on remarque que l'évolution de la maladie chez l'enfant semble différente en fonction du moment de la grossesse où s'est opérée la transmission du virus par la mère. Les enfants infectés vers le deuxième trimestre paraissent développer très vite la maladie, tandis que celle-ci évolue beaucoup plus lentement chez ceux infectés en fin de grossesse, son développement étant proche alors de celui chez l'adulte.

De premiers tests sont menés sur des souris pour comprendre les mécanismes de la transmission. On essaie diverses molécules afin d'observer leur capacité à l'entraver. Dans ce domaine, les scientifiques ont de grandes difficultés à réaliser des essais sur les êtres humains pour des raisons techniques aussi bien qu'éthiques.

Il faut attendre 1991 aux États-Unis et 1993 en France pour que débute l'essai ACTG 076/ANRS 024. En France, il est effectué sous l'égide de l'Inserm et de l'ANRS, et dirigé par le professeur Jean-François Delfraissy. À cette époque, l'immunologiste parisien travaille à l'hôpital du Kremlin-Bicêtre où l'on est confronté à une véritable hécatombe. Dans ce seul établissement, on compte environ 120 décès par an. L'ambiance est pesante.

L'essai ACTG 076/ANRS 024 consiste à administrer de l'AZT à la mère pendant sa grossesse et à l'enfant durant ses premières semaines de vie. On scrute la capacité du produit à enrayer le risque de transmission materno-fœtale.

On forme deux groupes avec 477 femmes enceintes. Les premières sont traitées à l'AZT, tandis que les secondes reçoivent un placebo. De la même manière, après la naissance, seule une partie des enfants recevra de l'AZT.

Les premiers chiffres sont prometteurs. Au moment de l'analyse des données, 364 enfants sont déjà nés. Les scientifiques observent que le taux de transmission dans le groupe traité à l'AZT est d'environ 8 %, et d'environ 25 % chez ceux qui ont reçu un placebo. La molécule montre son efficacité pour limiter les risques de transmission du virus d'une femme enceinte à son enfant. Ces résultats sont si encourageants que le comité d'éthique décide d'interrompre le déroulement de l'expérience pour les patientes qui reçoivent un placebo, et de leur administrer la molécule.

Ces données sont rendues publiques en février 1994. Dans la foulée, l'Organisation mondiale de la santé décide de développer une stratégie internationale dans ce domaine.

LES TORTUES NINJA

À la fin de l'été, cela faisait déjà plusieurs semaines qu'Émilie n'avait pas pu quitter sa chambre d'hôpital. Une permission exceptionnelle de revenir voir sa famille au village lui fut alors accordée. La petite fille n'était plus que l'ombre d'elle-même. Pâle et amaigrie, elle ne pouvait faire quelques pas sans qu'on la soutienne Elle ne se plaignait pourtant pas. Elle paraissait résignée face à ce corps qui lui refusait désormais tout ce qu'il avait pu lui accorder par le passé.

Nos parents avaient fini par accepter que nous n'allions plus la voir à l'hôpital, mon frère et moi. Mais, pour cette occasion exceptionnelle, ma mère ne nous a pas laissé le choix. L'ambulance qui transportait ma cousine était attendue au village en milieu d'après-midi. Elle nous a sommés de rentrer à 16 heures précises de la piscine municipale pour passer un moment avec Émilie.

Je ne me souviens pas d'avoir été en retard une seule fois dans mon enfance, si ce n'est ce jour-là. Mon frère et moi avons volontairement détourné le regard de l'horloge qui surplombait la chaise du maître-nageur. Nous espérions arriver trop tard. À 16 h 30, ma mère est finalement apparue derrière le grillage qui donnait sur l'extérieur. Nous ne pouvions plus nous dérober. Dans la voiture qui nous ramenait à la maison, elle avait du mal à contenir sa colère. Elle insistait sur la gravité du moment, nous rappelait qu'il s'agissait probablement de l'un des derniers que nous partagerions avec notre cousine. Mon frère et moi avions onze ans à peine et, déjà, nous nous sentions minables.

Émilie nous attendait dans la chambre où nous avions l'habitude de jouer. Comme celui de l'hôpital quelques mois auparavant, le couloir de la maison m'a paru interminable. Quand nous sommes entrés dans la pièce, elle patientait sagement. Elle regardait droit devant elle, en direction du téléviseur éteint.

Dans un silence pesant, nous nous nous sommes assis à ses côtés. Nous lui avons proposé de jouer aux *Tortues Ninja*, un jeu de notre console Nintendo qu'elle adorait. Depuis le temps qu'elle n'était pas revenue au village, nous avions progressé dans le scénario. Les décors des derniers niveaux ne semblaient toutefois pas l'impressionner. Les sons métalliques de la console tenaient lieu d'unique conversation. Mon frère et moi lui tendions la manette pour qu'elle puisse jouer, mais elle n'en avait même plus la force. Ses yeux divaguaient désespérément sur les pixels criards du téléviseur, sans plus s'émouvoir des mondes que ceux-ci dessinaient. La maladie lui avait confisqué sa vie d'enfant. Tout ce qui avait pu autrefois la captiver ou la réjouir ne provoquait chez elle à présent que des soupirs d'indifférence.

Lassée de nous sentir l'observer chacun du coin de l'œil, elle a fini par demander à ma mère si elle pouvait se reposer quelque part. Ma mère l'a installée dans ma chambre où elle s'est endormie.

Émilie était venue jouer une dernière fois avec nous et, malgré l'urgence de la situation, nous avions été incapables de la faire participer à notre jeu. Les personnes, les lieux, les meubles étaient toujours là, mais ils se dérobaient à elle. Même ses deux cousins, avec qui elle avait partagé tant d'après-midi à dévaler les rues du village, tant de soirées à regarder des dessins animés débiles, ne lui avaient renvoyé que le souvenir d'une vie qui lui échappait.

À son réveil, elle a demandé à ma mère de la raccompagner chez nos grands-parents.

STALINGRAD

En mars 1995, à l'hôpital de Garches, Jacques Leibowitch ne s'est pas assagi. Il a été le premier en France à suggérer que la maladie pouvait être provoquée par un rétrovirus. Il a conservé son tempérament de feu. Il raconte à qui veut l'entendre, dans un langage bien à lui, qu'il avait littéralement épelé le mot *rétrovirus* à Willy Rozenbaum lors d'un déjeuner à la Closerie des Lilas. Il s'est ensuite brouillé avec lui et rapproché des Américains, tandis que son confrère sollicitait l'aide de l'Institut Pasteur.

L'ensemble de la profession s'accorde à le dire : Leibowitch est capable du pire comme du meilleur, des plus grandes colères, mais aussi de fulgurants éclairs de génie. Ainsi, même si ses emportements l'ont un peu isolé au sein de la communauté scientifique, son intelligence exceptionnelle lui a permis de progresser dans ses recherches. En désaccord avec la plupart des pionniers français de la recherche portant sur ce virus, il a claqué très tôt la porte du Groupe français de travail sur le sida. Il avait pourtant participé à la première réunion du groupe au printemps 1982, à une époque où on ne recensait qu'une petite vingtaine de cas de sida en France. Tout comme les pasteuriens, il a régulièrement publié ses résultats et collaboré avec l'équipe de Robert Gallo. Mais il a approuvé trop rapidement l'hypothèse d'un rétrovirus de la famille du HTLV, alors que ses confrères de Pasteur découvraient un nouveau rétrovirus, le LAV, rebaptisé VIH.

Cette erreur originelle ne l'a pas empêché d'être l'un des premiers scientifiques capables de déceler artisanalement le virus dans des échantillons de sang, notamment ceux destinés aux transfusions, avant que Pasteur ne mette au point le test ELISA. Comme les pasteuriens, il a cherché à alerter le ministère des Affaires sociales de l'époque sur les dangers qui pesaient sur les transfusés. Aujourd'hui, à l'aube du siècle nouveau, il demeure l'un des dix praticiens français les plus au fait de la recherche sur le sida.

Au moment où on compte en moyenne trois morts par semaine dans l'aile dédiée aux malades du sida de l'Institut Pasteur, Jacques Leibowitch poursuit ses investigations au-delà du périphérique, dans la tranquillité de son petit laboratoire de l'hôpital de Garches. Protégé de l'atmosphère douloureuse des services hospitaliers débordés, transformés en véritables mouroirs, il travaille sur son idée fixe : anéantir le virus avec un cocktail de molécules.

Cette idée s'est peu à peu imposée à lui, comme à ses collègues ; les résultats des bithérapies ont montré la voie. Cette piste de recherche s'est transformée en obsession, il refuse de croire qu'il n'existe pas d'arsenal suffisant pour terrasser le virus. Alors il cherche, combine, associe, dose et évalue sans arrêt des produits. Et la tâche ne cesse de s'accroître, car, au milieu des années 1990, de plus en plus de molécules arrivent sur le marché.

Il s'intéresse tout particulièrement aux antiprotéases qui agissent à un stade de la reproduction du virus sur lequel on a encore peu réussi à intervenir. Le contexte est plus favorable. En effet, avec la généralisation et les progrès du test de la charge virale, grâce notamment aux travaux de Françoise Brun-Vézinet et de Jean Dormont, il est possible de suivre et d'évaluer l'efficacité d'un traitement de manière plus précise et pertinente qu'auparavant, en mesurant directement la quantité de virus présent dans le sang des malades. Avant cette innovation, on s'était longtemps contenté de mesurer les dégâts qu'il produisait sur le système immunitaire en dénombrant les lymphocytes T4.

Avec une vingtaine de patients qui ont déjà déclaré la maladie, Leibowitch expérimente une trithérapie comprenant de l'AZT, du ddC et du ritonavir, l'antiprotéase du laboratoire américain Abbott, selon lui le produit le plus efficace de cette famille. Il veut assiéger le virus, lui déclarer une guerre impitoyable, alors il baptise son essai : « Stalingrad ». Deux essais du même type sont en cours aux États-Unis.

Les résultats de Stalingrad sont d'autant plus impressionnants qu'ils sont observables en quelques mois seulement. Leibowitch, ainsi que tous ses confrères qui, depuis plus de dix ans, avaient cherché en vain, d'échec en faux espoir, à enrayer l'hécatombe, sont comme sonnés. On peine à y croire. Et pourtant, les chiffres des premières évaluations sont formels : malgré la lourdeur du traitement, on note chez la totalité des patients une chute spectaculaire de la charge virale. Enfin.

LE PENDULE

À la mi-octobre, Émilie n'en finissait plus de souffrir. Mes parents s'absentaient à tour de rôle pour aller la voir tous les soirs après leur journée de travail. Ils ne rentraient que tard dans la nuit. Dans le silence et la pénombre, ils partageaient les dernières nouvelles autour des restes du repas. Mon frère et moi étions couchés depuis longtemps. Depuis notre chambre, nous n'entendions pas distinctement ce qui se disait dans la cuisine. Nous percevions les chuchotements résignés de mon père et les pleurs étouffés de ma mère. Lorsqu'ils venaient enfin nous embrasser, nous feignions le plus souvent d'être endormis, comme si nous voulions nous soustraire à leur désespoir.

Les clients de la boucherie demandaient tous les jours des nouvelles de « la petite ». À la sortie de la messe du dimanche, de vieilles dames s'arrêtaient pour dire à ma grand-mère que le prêtre avait parlé d'Émilie dans son homélie et qu'on avait prié pour elle. À l'école, l'instituteur avait proposé aux élèves de sa classe de lui envoyer des dessins et des messages de réconfort.

C'est à cette période qu'une femme du village a téléphoné au magasin. Elle avait un cousin magnétiseur. Il guérissait parfois des gens qui avaient été déclarés incurables. Elle s'excusait de déranger mes grands-parents avec ce genre d'histoire dans une situation pareille. Au courant de la lente agonie de leur petite-fille, elle pensait que cela valait la peine de tenter quelque chose. Elle a expliqué à ma grand-mère que le magnétiseur pouvait travailler de chez lui, avec des photographies d'Émilie, mais qu'il avait plus de chances de réussir à la soigner en la rencontrant.

La famille s'est réunie au complet pour prendre une décision. Mes parents n'ont certainement pas donné davantage de crédit à cette initiative qu'à celle des petites vieilles du village qui rapportaient de l'eau de Lourdes. Cependant, si cela pouvait donner l'impression à ma grand-mère de se battre encore pour quelque chose, ils étaient d'accord. Mes oncles, ma tante et mes parents ont donc accepté. Un rendez-vous a été organisé quelques jours plus tard à l'hôpital.

Ce soir-là, un peu avant l'heure de la fin des visites, un monsieur d'une cinquantaine d'années s'est présenté dans la chambre de la petite fille. Quelques membres de la famille qui souhaitaient assister à cette séance inhabituelle étaient là. On lui a offert une chaise près du lit de l'enfant. Après avoir expliqué son étrange profession, il a proposé de commencer.

Pendant une bonne dizaine de minutes, il a posé sa main sur le corps squelettique d'Émilie, marmonné des incantations si bas qu'on ne les comprenait pas. De l'autre main, il agitait un petit pendule doré. Il le balançait autour d'elle. Chacun demeurait muet et immobile. Au bout d'un moment, le magnétiseur s'est tu. Il s'est redressé sur sa chaise, puis a brisé le silence d'une voix apaisée, annonçant qu'il avait terminé.

Il a salué ma cousine, lui a adressé des vœux de guérison et l'a félicitée pour le courage dont elle avait fait preuve jusqu'ici. Mes grands-parents l'ont raccompagné jusqu'au bout du couloir et remercié de s'être déplacé jusqu'à Nice. L'homme a renouvelé ses vœux d'espoir. Avant de partir, il a reconnu que sa science était loin d'être exacte mais qu'il avait tenu à essayer. Il continuerait son œuvre chaque jour de chez lui grâce à une photo de l'enfant qu'on avait bien voulu lui confier.

Quelques minutes après son départ, une aide-soignante a servi son repas à Émilie. Elle a mangé avec un appétit qu'on ne lui avait pas connu depuis des mois. Ma grand-mère était ravie de la voir déjà reprendre des forces.

Malgré cet instant suspendu, l'état de la petite fille a continué inexorablement à se dégrader. Aucun résultat des analyses médicales pratiquées les jours suivants ne fut contredit par les pouvoirs magnétiques d'un quinquagénaire de bonne volonté et de son petit pendule en cuivre jaune.

WASHINGTON

En janvier 1996, au congrès de Washington, on présente les résultats spectaculaires obtenus grâce à l'utilisation des trithérapies dans le cadre de deux essais, dont celui de Stalingrad dirigé par Jacques Leibowitch à l'hôpital de Garches. Ces études ont associé trois produits sensiblement différents. L'AZT, la ddI et l'antiprotéase indinavir pour l'essai américain, tandis que les Français ont ajouté à l'AZT du ddC et du ritonavir. L'objectif est le même : anéantir le virus dans le sang des patients. Après une quinzaine d'années de recherches, de progrès, d'errances, d'échecs et d'espoirs, les résultats sont extrêmement encourageants.

Les communications du congrès de Washington annoncent que la charge moyenne de virus présente dans le sang peut être divisée par un chiffre compris entre 100 et 1 000 chez des patients qui n'avaient jusqu'alors jamais pris le moindre traitement antirétroviral. Pour la première fois dans une conférence internationale, des espoirs solides semblent permis. On imagine bientôt qu'il est possible de bloquer définitivement la reproduction du VIH dans le sang des personnes infectées.

Il reste beaucoup à faire malgré cette réussite indéniable. Dans chacun des essais, environ un patient sur quatre a abandonné l'association médicamenteuse très lourde à supporter. Il convient aussi de tester ces combinaisons chez des patients non naïfs, c'est-à-dire qui avaient déjà expérimenté des antirétroviraux.

Deux défis principaux s'imposent aux médecins. D'une part, il faut trouver la combinaison la mieux adaptée à chaque patient, et d'autre part, plus urgemment encore, il faut rendre accessibles les nouvelles molécules au plus grand nombre.

NOVEMBRE

Un jour de novembre, le téléphone de la maison a sonné en fin d'après-midi. Mon père a baissé le rideau de la boucherie avant l'heure. Mes parents nous ont expliqué qu'ils allaient nous déposer chez des amis pour la nuit. Nous irions probablement à l'école avec eux le lendemain matin. Nous ne nous retrouverions en famille que le soir. Ils ont insisté pour que nous soyons sages. Émilie n'allait vraiment pas bien. Il fallait qu'ils descendent à Nice pour la voir.

J'imagine que mon père a roulé aussi vite qu'il a pu, qu'ils ont descendu la route sinueuse de la vallée à toute allure. Je vois les constellations de petits villages qui brillent dans la nuit se succéder, les routes étincelantes de gel, la lueur des phares. Je vois le brouillard, les parois des gorges sombres, et puis du ciel, enfin, en déboulant dans la plaine.

Je n'entends rien, c'est tout juste si le ronronnement du diesel de la vieille Ford de mon père couvre le silence angoissant de ne pas arriver à temps. Sans doute a-t-il déposé ma mère à l'entrée de l'hôpital pour gagner quelques secondes.

Mais cela n'a pas suffi. Ils l'ont compris dès qu'ils ont pénétré dans le service d'Émilie. Ils ont croisé les infirmiers, les infirmières et les aides-soignants. Ceux qui ne pleuraient pas regardaient leurs chaussures en guise de condoléances. C'était fini. Ils étaient arrivés trop tard pour la voir une dernière fois.

Émilie avait succombé. Son corps avait enfin cédé. Elle venait de s'endormir entourée de ses grands-parents, de plusieurs de ses oncles et tantes. Les autres membres de la famille, dès qu'ils ont été prévenus, ont accouru dans la nuit. Les mains dans le dos, appuyés timidement contre les murs du couloir pour ne pas gêner le passage des médecins et des infirmières, ils se sont relayés une dernière fois auprès du corps de l'enfant. Par pudeur et par souci de ne pas faire de bruit dans le bâtiment endormi, ils se chuchotaient des mots de réconfort avant d'étouffer leurs pleurs, serrés les uns contre les autres.

Le virus était allé au bout de sa logique absurde. Contredisant ceux qui aimaient à le décrire comme un être malin. Il avait détruit son hôte, terrassé son système immunitaire. Il avait lui-même scié les piliers d'un refuge qui allait désormais s'effondrer sur lui. Froid, le corps d'Émilie était devenu son impasse, une voie sans issue. S'il avait su migrer depuis son père jusqu'à sa mère et depuis sa mère jusqu'à elle, il n'avait plus trouvé depuis d'autre navire à saborder. Combien de temps allait-il survivre en elle morte, à circuler d'un bout à l'autre de ses veines ? Quelques heures ? Quelques jours ? Personne ne songeait à se poser ces questions lugubres, à part les services mortuaires. Ils ont imposé au cadavre d'Émilie les mêmes précautions qu'à ceux de ses parents.

Après toutes ces années passées à veiller la petite fille aussi souvent que possible, personne ne se résignait à quitter sa chambre d'hôpital. Certains ont refusé de remonter au village sans elle. Le regard perdu à travers la fenêtre qui donnait sur la promenade des Anglais, tous se tenaient prostrés dans le silence. Au-dessus de la mer, on guettait patiemment l'aube qui viendrait déchirer ce qu'il restait de la nuit.

LOTERIE

Après le congrès de Washington, les laboratoires Abbott et Merck, deux des trois fabricants d'antiprotéases, déclarent qu'ils ne seront pas en mesure d'en produire suffisamment vite pour répondre à la demande mondiale. De part et d'autre de l'Atlantique, la crainte est vive que ces nouvelles molécules, essentielles à la mise en place d'une trithérapie chez les patients atteints du VIH, soient en rupture de stock. Face à cette éventualité, le ministère français de la Santé se contente d'abord de parler d'« inadéquation entre l'offre et la demande ».

Le 26 février 1996, le Conseil national du sida, sollicité par le ministère, préconise, de manière provisoire et exceptionnelle, le recours à un tirage au sort parmi les malades, dans l'attente que les laboratoires puissent accroître leur production. Sans surprise, cette recommandation provoque un tollé chez les malades et les associations. L'indignation est immense, mais relativement inaudible. Une grande partie des médecins, eux-mêmes inquiets que certains services renommés soient mieux pourvus que d'autres, restent silencieux.

Sous l'influence des associations, le Conseil national du sida insiste alors pour que le gouvernement français fasse pression sur les États-Unis afin d'obtenir des quantités satisfaisantes d'antiprotéases au plus vite. Dans l'intervalle, il suggère de traiter en priorité les patients qui se trouvent dans les situations immunitaires les plus délicates. On songe ainsi à réserver les premières molécules disponibles aux malades comptant moins de 100 T4 par millimètre cube de sang et, parmi eux, ceux dont les signes cliniques d'évolution de la maladie sont les plus préoccupants. Le gouvernement français annonce également que, dès que cela sera possible, on achètera aux États-Unis de quoi soigner les malades, sans limite de budget. On estime pouvoir traiter 1 000 nouveaux patients chaque mois.

Deux jours plus tard, le mercredi 28 février, un communiqué du Premier ministre Alain Juppé exclut définitivement le recours au tirage au sort. Les molécules seront finalement disponibles en plus grande quantité qu'on ne le pensait. La pénurie tant redoutée en France ne se produira jamais.

NOVEMBRE (ENCORE)

Je ne me rappelle presque rien. J'aimerais avoir oublié le peu dont je me souvienne. Un minuscule cercueil blanc, plombé comme ceux de son père et de sa mère. Une taille de cercueil qui ne devrait pas exister. Même au Christ qu'on met en terre au pied de sa croix, sur la sculpture de bois à gauche en entrant dans l'église du village, on lui a laissé le temps de grandir.

Je ne me souviens que de ça, du froid sec d'un après-midi de novembre et d'une foule silencieuse qui regarde ailleurs en entendant les hurlements de ma grand-mère. On la soutient en tête de cortège, un peu comme un soldat blessé qu'on ramène du front. Un jour de défaite.

Au village, aucun enterrement ne se déroulait dans l'indifférence. Celui d'Émilie rassemblait une communauté tout entière. Les commerçants avaient baissé leur rideau, des enfants avaient manqué l'école, des artisans avaient abandonné leurs chantiers et des employés avaient pris leur après-midi pour être sur la place.

Malgré le froid, il fut impossible de fermer les portes de l'église ce jour-là. En plus de la famille, des proches, des voisins, des habitants du village, beaucoup de gens étaient montés de Nice. Des médecins, des soignants, des responsables d'associations d'aide aux enfants séropositifs, des gens qu'on connaissait peu mais qui connaissaient bien Émilie.

Au cours de la cérémonie, le prêtre a parlé de manière très imagée. Dans son discours, il n'a pas été question d'héroïne, de sida ni d'AZT. Non. Il n'a parlé que par euphémismes et métaphores. Émilie était partie rejoindre ses parents qui lui manquaient tant, dans un monde apaisé où elle n'aurait plus à souffrir. Qui pouvait croire une chose pareille ? Si on avait pu admettre un seul mot de ces paroles, personne n'aurait été si triste.

Le prêtre a raconté sa courte vie comme si tout avait été précisément décidé par Dieu. Ce Dieu même qu'on avait si souvent sollicité en vain. Ce Dieu qui dispensait chacun de s'interroger sur cette histoire, qui transformait les agonies les plus injustes en appels divins, les cadavres enfermés dans des cercueils plombés en âmes honorées parties vivre à ses côtés. Seuls une tristesse indicible et un profond désespoir pouvaient pousser quiconque à le croire.

Un cortège immense a accompagné le petit cercueil blanc sur la colline. Il y avait tellement de monde sur la route qui mène de l'église au cimetière qu'elle semblait déborder. Au moment de la mise en terre, il a fallu encore soutenir ma grand-mère qui refusait toujours son échec.

Avec précaution, on a rendu l'enfant à ses parents dans un caveau déjà bien trop garni. La foule a mis de longues minutes à se désagréger pour laisser à la famille le temps de se recueillir.

Le soir, après l'enterrement, on s'est retrouvé dans la maison de mes grands-parents. On tâchait tous de manger ou de boire quelque chose, de se réconforter en partageant les mots de soutien et les signes d'affection reçus pendant la journée. On faisait la liste interminable des gens qu'on avait aperçus, des soignants qu'on avait cru reconnaître. On notait leurs noms dans un cahier pour ne pas oublier de les remercier.

Mon père parlait de ses chiens à mon grand-père pendant que ma mère proposait des somnifères à ma grand-mère. Après toutes ces années passées à s'oublier dans la bataille, ils n'avaient plus qu'à prendre soin les uns des autres.

Le sida en avait fini avec nous. Il s'en était allé saccager d'autres corps, gâcher d'autres rêves de vies simples. Il ne laissait derrière lui que les survivants d'une famille sonnée, s'échangeant des comprimés incapables de les endormir pour oublier, quelques heures, des souvenirs qui les hanteraient pour toujours.

ÉPILOGUE

NOBEL

Le 6 octobre 2008, Françoise Barré-Sinoussi est au Cambodge pour participer à une réunion de travail à propos d'un essai thérapeutique portant sur les co-infections tuberculose-VIH. Depuis le début des années 2000, elle coordonne les recherches menées en coopération avec la France dans le domaine du VIH-sida pour l'Agence nationale de recherches sur le sida et les hépatites virales. Les échanges ont déjà commencé, quand son téléphone sonne. Une journaliste de Radio France cherche à la joindre, s'étonne d'y parvenir. Elle comprend que la scientifique n'est pas au courant, elle lui annonce alors la nouvelle. Françoise Barré-Sinoussi a reçu le prix Nobel de médecine, conjointement avec Luc Montagnier, pour leur découverte du virus du sida en 1983 à Pasteur. La recherche française dans ce domaine est enfin reconnue au plus haut niveau.

De nombreuses voix s'élèvent toutefois, ne comprenant pas ce choix d'avoir limité le prix à deux personnes.

Pourquoi n'y a-t-il pas eu une attribution plus large ? On songe à Willy Rozenbaum, à Jacques Leibowitch et à Françoise Brun-Vézinet, qui ont tiré la sonnette d'alarme lorsque la maladie a émergé, et ont sollicité l'Institut Pasteur, à Jean-Claude Chermann, qui dirigeait le laboratoire au sein duquel Françoise Barré-Sinoussi travaillait, à David Klatzmann, qui fut le premier à observer l'action du virus sur les lymphocytes T4. On s'étonne aussi de cette si longue attente avant que les scientifiques français soient enfin distingués. Selon le comité suédois, ces vingt-cinq années étaient indispensables pour que la découverte soit appréciée dans sa globalité et sur le long terme.

Dans divers médias, Françoise Barré-Sinoussi saisit l'occasion pour se remémorer toutes ces années de recherches, de travail, les réunions formelles et informelles, les congrès internationaux dans lesquels elle est intervenue avec ses confrères français et étrangers. Au moment d'être distinguée, elle regrette pourtant que, malgré les progrès des traitements, l'épidémie ne soit toujours pas éradiquée.

La cérémonie de remise du prix a lieu à Stockholm, le 10 décembre 2008. Dans leurs discours, les deux lauréats insistent sur la dimension collective de cette découverte.

CHAGRIN

Personne dans la famille n'a plus jamais évoqué cette histoire.

Un dimanche, quelques mois après l'enterrement de notre cousine, alors que mon père bricolait des étagères dans le garage, mon frère et moi l'avons soudain entendu hurler des injures et briser une à une, à coups de pied et de poing, les planches de bois. Il n'a jamais soldé sa colère. Un jour, il a tout quitté, sa famille, la boucherie et le village.

Ma mère, encore aujourd'hui, n'est pas plus bavarde. Après le départ de mon père, elle a refait sa vie. Il ne reste chez elle, de cette époque, qu'un cadre posé à côté du téléphone que personne n'a le droit de toucher. Un cadre ornant la photographie d'une petite fille.

Quant à ma grand-mère, même si elle n'en parlait pas directement, elle m'a souvent recommandé d'utiliser des préservatifs au début de mon adolescence, allant jusqu'à me proposer de se rendre à la pharmacie du village à ma place pour m'en procurer. Elle disait que c'était très important, qu'il n'y avait pas de honte à avoir. Et puis, un matin, elle s'est réveillée en crachant du sang. Le docteur lui a préconisé de se rendre à Nice pour effectuer des examens qui ont vite livré leur verdict. Elle a été emportée en quelques semaines. Au village, on dit souvent qu'à toujours prendre soin des autres, elle avait oublié de prendre soin d'elle.

À la mort de Louise, Émile s'est retrouvé seul avec son chien. Désormais à la retraite, lui qui n'avait connu que le travail s'est consacré tout entier à son potager, offrant des œufs et des légumes à qui en voulait. Pas plus que les autres, il n'évoquait l'histoire que j'ai tâché d'écrire. Il ne savait s'exprimer qu'en distribuant les produits de son jardin et des plaisanteries pleines d'affection.

Quand il a commencé à perdre la vue et la mémoire, ne pouvant plus jardiner, il déambulait maladroitement dans le village avec son chien. Il profitait de la moindre rencontre pour discuter. Lui qui avait connu l'ancienne sous-préfecture prospère ne la reconnaissait plus, avec ses rues désespérément vides de passants et ses commerces abandonnés. Le vieil homme errait dans les vestiges d'un monde qui avait péri avant lui. On l'apercevait souvent assis sur un banc, au soleil. Peut-être avait-il enfin trouvé une forme de paix.

Un jour, peu avant sa mort, il a demandé à mon frère de l'aider à gravir les quelques marches qui menaient chez lui. Dans la confusion du temps que lui infligeait la maladie d'Alzheimer, il a annoncé avoir encore retrouvé Désiré endormi dans la rue. Comme il n'était pas parvenu à le réveiller, il avait demandé de l'aide pour ramener son fils jusque dans son lit.

« Il s'était encore piqué. Il nous en aura fait voir, celui-là. Tu le savais que c'est à cause de la drogue qu'il avait attrapé cette saloperie ? »

Ce sont les seuls mots qui auront percé son armure de chagrin.

ORIGINE

Le 3 octobre 2014, un article collectif est publié dans la revue *Science.* Une équipe internationale, dirigée par Nuno Faria de l'université d'Oxford, affirme être parvenue à retracer l'origine historique et géographique de l'épidémie de sida.

On savait depuis plusieurs années que le VIH était une forme de virus ayant migré des grands singes vers l'espèce humaine, probablement au cours d'un accident de chasse ou directement lors d'une consommation de viande, quelque part au sud-est du Cameroun. C'est à partir de cette région que les chercheurs ont commencé à suivre son trajet.

Ils ont séquencé les virus contenus dans des centaines de prélèvements effectués dans cette grande région d'Afrique au cours du XXe siècle, et conservés dans un laboratoire du Nouveau-Mexique. Ainsi, ils ont pu suivre à la fois l'évolution génétique du VIH et ses déplacements géographiques. Dans les années 1920, un premier sujet contaminé se serait rendu du Cameroun à Kinshasa, au Congo. La maladie se serait ensuite progressivement diffusée dans les grandes villes voisines, comme Brazzaville, Bwamanda et Kisangani, aidée en cela par le développement de l'urbanisation, l'essor des transports et les campagnes de vaccination coloniales. La forte présence de travailleurs haïtiens dans cette région de l'Afrique au cours des années 1960 explique probablement comment le virus a traversé l'Atlantique et permet enfin de comprendre pourquoi cette population était particulièrement représentée parmi les premiers cas observés au début des années 1980.

Au jour de la publication de ce travail gigantesque, le sida avait déjà fait plus de 36 millions de victimes à travers le monde.

LUMIÈRE

Pour retrouver quelque chose de mon oncle, il faut suivre la route qui longe la rivière en amont du village. Quand j'ai demandé à ma mère s'il restait dans la région un ami de Désiré, elle m'a dit qu'ils étaient tous morts depuis longtemps. Tous sauf une. J'ai trouvé son nom dans l'annuaire. Un soir d'hiver, je me suis décidé à composer son numéro.

Dans une ancienne ferme sur les hauteurs, son vieux téléphone sonne et, dans le combiné, un prénom qu'elle n'a plus entendu depuis plus de trente ans est prononcé. Après un long soupir, elle déroule ses souvenirs.

« Ah, Dési, le pauvre, tu sais c'est ma jeunesse… Excuse-moi si je cherche mes mots parce que ça me remue un peu d'en parler. Je m'y attendais pas. D'abord je veux que tu saches qu'on s'est bien marré. Tu ne peux pas savoir comme il était drôle. C'était un vrai copain. On pensait qu'à faire des conneries tellement on s'emmerdait au village. Nos parents, ils auraient voulu qu'on fasse comme eux, qu'on se mette au boulot. Mais nous, on n'en avait strictement rien à foutre. On voulait vivre autre chose. Déjà, on était de gauche, maoïste même. On avait découvert ces trucs au lycée, à la fac. On voulait vivre comme les auteurs qu'on lisait, les musiciens qu'on écoutait. À l'époque, ils se camaient presque tous. On avait raté 68, alors on voulait au moins expérimenter ça, nous aussi. Un soir qu'il s'emmerdait plus que d'habitude, Dési est parti à Amsterdam comme il serait allé faire la bringue à Nice. On est allé le rejoindre quelques jours mais lui est resté bien après notre départ, jusqu'à ce que ta grand-mère envoie ton père là-bas pour le ramener par la peau du cul.

On a tout essayé ensemble, le joint, l'acide, et puis l'héroïne… Ça a été comme une révélation. Je sais que c'est pas facile à entendre, mais une fois que t'y as goûté t'es bien, t'as plus personne pour te faire chier, t'as plus envie d'arrêter.

En rentrant au village on a continué. On allait en acheter à Nice dans un ou deux bars qu'on connaissait, puis on s'arrêtait faire les poubelles des hôpitaux pour trouver des seringues. Parfois on demandait à des filles qui faisaient le tapin sur la promenade des Anglais de nous en vendre un peu avant de remonter au village, quand elles étaient sympas elles nous prêtaient leur pompe. On pensait plus qu'à ça. C'était devenu toute notre vie.

Les overdoses, on n'en avait pas peur. À la limite, on préférait crever de la came que d'avoir la vie de nos parents, de se tuer au travail. Je saurais pas te donner de dates précises mais je me souviens encore du soir où on a fait notre premier shoot. On avait entendu à la radio que Pierre Goldman s'était fait assassiner. Ça nous avait fichu un coup. On vivait dans l'espoir que 68 reviendrait et on a compris, là, que les gens étaient passés à autre chose, que ça servait plus à rien d'espérer.

Puis, après, est arrivée la maladie. Au début, on voulait pas y croire, à un truc pareil. Nos familles, elles ont morflé, c'est sûr. Tes grands-parents, c'était comme mes parents. Ils s'étaient cassé le dos toute leur vie pour que leurs gosses manquent de rien et d'un coup, ils étaient dépassés. Ils ont pris tout ça dans la gueule. Sûr que ça a pas dû être facile pour eux, comme pour ton père. Il a fallu s'occuper de Désiré, de Brigitte, et puis de la petite, la pauvre, elle non plus elle avait rien demandé. Ils ont tous fait un peu comme ils ont pu, ma foi, mais c'était déjà trop tard… »

C'est la première fois qu'on me parle de mon oncle ainsi, sans détour, sans colère. Je comprends que ce qui reste de lui n'existe plus que dans la mémoire d'une survivante. Avant de raccrocher, confus, comme lorsqu'on revient d'un long voyage dans le temps, je la remercie d'avoir mis des mots sur une vie que je ne pensais plus pouvoir rendre à la lumière.

TABLE

PREMIÈRE PARTIE
DÉSIRÉ

DEUXIÈME PARTIE
ÉMILIE

ÉPILOGUE

Ouvrage réalisé par Cursives à Paris

Cet ouvrage a été achevé d'imprimer
par Corlet Imprimeur
à Condé-en-Normandie
en mai 2022

N° d'impression : 22040045
N° d'édition : 01
Imprimé en France